COBALT-SERIES

姫神さまに願いを

～秘恋《ひれん》夏《か》峡《きよう》～

藤原眞莉

集英社

目次

姫神さまに願いを　～秘恋《ひれん》夏峡《かきょう》～

登場人物紹介

平三（へいぞう）

正式には長《なが》尾《お》弾正小弼《だんじようしようひつ》景《かげ》虎《とら》。
越後国守護代を務めるも、
真言宗の高僧になる夢を持つ。
縁あって、カイとは知己の間柄。

マナ&アラヤ

摩多羅神の眷属《けんぞく》である童子。

テン
超大な力を持つ「摩多羅」
という名の星神。
カイ
もとは比叡山で修行中の
有髪童顔僧。テンの婚約者。

イラスト／鳴海ゆき

姫神さまに願いを

～秘《ひ》恋《れん》夏《か》峡《きょう》～

序

暦《こよみ》は陰暦《いんれき》六月、水無月《みなづき》の末。

それは、時を同じくして起こっていた。


穏やかではない足音が、古びた庵《いおり》を容赦《ようしゃ》なく揺する。

崩《くず》れかけの門の外には何頭もの馬。

北国といっても夏はそれなりに暑く、降り注ぐ日差しは決して柔らかではない。そんな中、どの馬もブルルと鼻を鳴らしながら荒く息を吐き、毛艶《けづや》の良い体軀《たいく》から湯気を出していた。

穏やかではない形相《ぎょうそう》の男たちの、穏やかではない足音。

彼らは庵の主である老僧を探して、走る。

けれど二歩三歩と進んでいくうちに、男たちの数がひとつ、またひとつ減っていく。そのたびに響くのは情けない悲鳴と不可思議な物音。

――結論からいってしまうと、緑豊かな山の奥の奥にある「古びた庵」は、ミニ忍者屋敷だった。どの辺がどうミニであるのかは、からくり仕掛けのどれもが侵入者にとってやさしい造りであるためだ。ではどうヤサシイのかといえば、要は「死なない程度に危ない造り」という仕様《しよう》だ。が、なにしろそういうヤサシサなので、視点を変えれば「それでも威力充分」ということになる。

――結論から元に戻るとして。

家主《あるじ》の性格を反映しているかのような庵を走る男たちの中、先頭を行く者だけはすべてのからくりを見事に避けていた。事も無げ《ノーリアクション》に避けていくので後続の者たちは逆にからくりを避けきれない。走る人影の数がゾクゾクと減っていく。

が、先頭の彼はそれにまったく構おうとしない。

いや。

悲鳴も物音も自らの足音も、その耳にまったく入っていない。

やがて、彼だけが庵の最奥にある小部屋へたどりつく。

「……失礼致す！」

言うなり、荒々しく戸を開け放つ。

夏の真昼だというのに、その戸板の他はすべて閉めきられた空間。

けれど埃《ほこり》っぽさとは無縁の空間。

板張りの間《ま》の真ん中にどっかりと座っているのは、今年で八十六の齢《よわい》に達した老僧。小さな如来像《にょらいぞう》へ経《きょう》をあげていた声は、キリの良い部分《ところ》でぴたりと止む。

「実乃《さねより》か。何の騒ぎだ？」

「あなたが城内の林泉寺《りんせんじ》におられぬので、こちらかと思って駆けてきた次第です」

「ふむ。十人もの武士《もののふ》がわざわざ此処《ここ》まで押しかけてきて、しかもわざわざカラクリに引っ掛かりおったか。実にご苦労なことだ」

「……………そう、です。背負う苦労がために、我等はここへ参ったのです！」

実乃と呼ばれた男は腰帯から長刀を鞘《さや》ごと抜き取り、その場に腰を落とす。刀の鯉口《こいくち》を握りしめた拳《こぶし》が床を強く打った。乾いた音が風さえも震わせ、辺りがシンと静まり返る。

「苦労苦労……と、自ら言うか。それはまた、大した身分だの」

老僧がゆっくりと振り返る。

実乃は一重瞼《ひとえまぶた》の険しい眼差《まなざ》しでその姿を射《い》た。

「では、まったくもって『取り越し苦労』だな。実乃よ、ここにそなたらの『御実城様《おみじょうさま》』はおらぬぞ。当てがハズレたな」

「……なるほど。そう致しますと、和尚《おしょう》は、御実城様が春日山城《かすがやまじょう》を空《あ》けられたことは既にご存じだと考えてよろしいのですね」

「ああ、存じてるとも」

真っ直ぐに伸びた背筋や膝《ひざ》などは少しも崩《くず》さず、老僧は口許《くちもと》だけをニヤリと歪ませた。

「なにしろ、今朝《けさ》まで儂《わし》と御実城様はココで酒を飲み交わしておったのだからな」

その一言で、鞘がバン！　と床を激しく打ち鳴らす。中腰《ちゅうごし》に構えた実乃は大きく目を剝《む》き、老僧をいっそう強く見据《みす》えた。今にも抜刀《ばっとう》して斬《き》り結びそうな雰囲気《ふんいき》だ。

けれども老僧を斬れば、実乃の命は半日と経たないうちに散ることになる。

越後国府中《えちごのくにふちゅう》・春日山城内の林泉寺の住職である老僧の名は、天室光育《てんしつこういく》。

世に知られた名学僧であり、同時に、越後守護代長尾《しゅごだいながお》家に仕える忍び集団『軒猿《のきざる》』の頭《かしら》だ。

そして、老僧は現在の守護代長尾家当主、延《ひ》いては春日山城の主である「御実城」の傅役《もりやく》も務めた。

が。

「……………このッ、くそじじい!!」

実乃は鉄面皮《てつめんぴ》を崩して、癇癪《かんしゃく》を起こした子供のように真っ赤な顔で叫んだ。


穏やかな足音がザク、ザクと山道を登っていく。

しょいこを担《かつ》いで歩いているのは、十七歳の娘。ちょ、っ、と見には少年にも映る、鹿のような体軀《たいく》をしているが、女だてらに体力も腕っぷしもそこそこに持ち合わせている。

娘は、床《とこ》に臥《ふ》せっている父親に代わって、山奥の社《やしろ》へ届ける荷物を運んでいた。

目的地に随分《ずいぶん》と近づいたころには、娘の前や後ろに小さな子供たちが集まっていた。葉音や鳥のさえずり、川の声だけが響いていた山道は一気に賑《にぎ》やかとなる。

伊勢国《いせのくに》の北側に位置する山のその直中《ただなか》。

そこには、戦乱で家や土地や肉親を失った者たちが集う場所がある。

由緒《ゆいしょ》がよく知れない古い社と、母屋《おもや》、幾つもの小屋。

その総《すべ》てを取り仕切っている僧侶《そうりょ》は、素手《すで》で仕留めたイノシシを肩に担《かつ》いで青空の下を闊歩《かっぽ》していた。

母屋の軒先《のきさき》で休憩《きゅうけい》をしていた娘は、その姿を見るなり、驚いて飲みかけの水を吹く。

一瞬、クマがイノシシを抱えて歩いているように見えた。

「おう、サチか。よく来たな」

「……………う、雲恵《うんけい》」

名を呼ばれたので、応える。応えつつサチは激しく咳《せ》き込み、濡れた口許《くちもと》をゴシゴシと袖《そで》で拭《ぬぐ》った。雲恵は立ち止まらず、そのまま母屋の裏手にある台所へ向かう。やがてそちらから派手な悲鳴が聞こえた。きっと、イノシシを抱えたクマが乱入してきたと思われたのだろう。

「……もー、相変わらずやわァ」

呟《つぶや》いて、サチはため息をついた。

サチの父親は、山奥のこの社で暮らす僧侶とは昔からの知人だ。

父親は、二月《ふたつき》に一度の割合でここへ救援物資を届ける。

サチがその手伝いを始めたのは、二年ほど前。

二年ほど前から、サチと雲恵は知己《ちき》だ。

そして。

「ねー。あの坊《ぼん》さんとちっちゃい巫女《みこ》さん、今日は居《い》てへんの？」

「居《お》らんよ。つい昨日、また何処《どこ》ぞへ旅に出たからな」

「えっ、昨日？　ほんま？」

「入れ違いになったな」

井戸で水を浴びてきた雲恵は、僧服を諸肌《もろはだ》脱ぎにした格好で戻ってきた。サチは「えー」と不満げに声をあげつつも、背負ってきたしょいこを引き寄せて手を入れる。

取り出したものは、ここへ来る途中に見つけた果実。

「ザクロの実が、もうなっていたのか？　えらく気が早いな」

「うん。しかも美味《うま》そうになってたから、うちとあんたの分を取ってきたんよ。さ、食べよ」

「早熟、或いは迷い咲きの秋の味覚、か」

適当に呟きながら、雲恵は受け取った実にかぶりつく。その横顔をしばらくじっと眺めてから、サチも同じように実をかじる。少し酸味があるけれど、甘くて美味だ。

「そんで。坊《ぼん》さんと巫女《みこ》さん、今度はいつ戻ってくるん？　あの二人おらへんと、なんや寂しいわァ」

「寂しい？　そうか？　ま、優秀な働き手が一人減るのは確かに惜しいがな」

「えー。なら働き手、増やせばええんちゃう？」

「増やす？　どこからそんなヤツを勧誘《スカウト》するんだ」

「えー。たとえば、……うちとか！」

明るくハキハキと言って、サチは雲恵へにこっと笑いかけた。堂々たる自己主張だ。だが雲恵はほとんど食べ終わった果実を手に、渋い表情で、はー……と長いため息をつく。

その途端、サチは広縁《ひろえん》から勢いよく立ち上がる。

「チョットなんなァ、その反応！　うちのどこが不服なん!?　うちやったら力仕事も出来るし、子供だってぼこぼこ産むよっ？　あんたの周りにこんなお得なオンナ、うちの他に誰かいてる!?」

「ぼこぼって、な……。ザクロ片手に、お前は鬼子母神《きしもじん》か」

「？　なんよ、ソレ」

「わからんのならいい」

雲恵は素知らぬ顔で最後のひと口を頬張《ほおば》る。と、死角からサチのハイキックがきた。けれど彼はサッと腕をあげて簡単に制した。

「ああ、もう、なんでェよ！」

「お前は動きがいちいち大きい。だから見切るのは簡単だ」

「ちがうっ、そっちの問題やない！　あんたの嫁問題のほう！」

「あー」

「……『あー』ってナニ!?」

力の入った主張を続けるあまり、サチは半分ほど食べたザクロをつい握り潰《つぶ》した。もう指先も顔も真っ赤だ。だけど彼女はどこまでも本気だ。本気で、本当に、雲恵の嫁志願者だ。この熱烈アピールは、二年前から続いている。

「お前のどこが、ってな。そーいう、色気の足りないところだ。この小娘」

「いっ、色気っ？　……なっ、なに言うてんの、うちはぴっちぴちのお年頃や！　このザクロみたく食べ頃やないの！」

「――その表現、あの『ちっこい巫女さん』から教えてもらったものだろ」

「う」

図星のサチは、つい素直に声を詰まらせる。

雲恵は僧衣の袖《そで》に腕を通し、襟《えり》を整えながら腰を上げた。

「ま、オトコのハダカを見たらポッと頬《ほお》を染めて目を背《そむ》けるよーな色気が身についたら、少しは考えてやるよ」

「えー!?」

不服そうに声をあげ、ふっくらとした唇を尖《とが》らせた。三人の兄に囲まれて育ったサチは「男の裸」などとっくに見慣れていた。それをどうやったら「頬《ほお》を染める」対象にできるというのか。男っ気《け》だらけの環境で育った娘にはかなりの難題だった。

「……………もー。巫女《みこ》さん、早《は》よ戻ってきーひんかなァ」

唯一アドバイスを頼めそうな者のことを、小声でぽつりと思う。それは、まったく無意識の呟《つぶや》き。声も小さかった。だが、隣にいた雲恵の耳へはしっかり聞こえていた。娘よりひと回りも年上の僧侶《そうりょ》は、つい、小さく吹き出す。サチは尖らせた唇を今度はへの字に曲げて、ぷうっと頰を膨《ふく》らませた。

――――と。

「あ、勿体《もったい》ない」

ザクロを潰《つぶ》したままの娘の右手に、雲恵は軽くかじりつく。

「なッ………、何すんの！」

サチは真っ赤な顔でそう叫ぶと同時に、左手で雲恵の首筋に手刀《てがたな》を叩きつけた。

その一撃は、よほど巧《うま》く入ったらしく。

「あれ？ ……雲恵？ どないしたん？」

もたれかかるようにして倒れてきた墨染《すみぞ》めの肩を、呑気《のんき》にユサユサ揺らす。その揺れで、気を失っていた雲恵は意識を取り戻した。けれどそのあとも彼は無言のまま、サチに揺さぶられ続けた。精神的ダメージにより、何も喋《しゃべ》ることができなかった。

素手《すで》で熊やイノシシを倒す武闘派僧侶から、手刀でダウンを奪った十七歳の娘。しかも娘は僧侶の嫁志願者。新たな格闘家伝説がいま、北伊勢の山奥で密《ひそ》かに生まれようとしていた。

陰暦《いんれき》六月、水無月《みなづき》の末。

それは、時を同じくして起こっていた。

それぞれに生きる、それぞれの者たち。

彼らの縁《えにし》の延長線上で輝く星は、もうすぐ、更なる光を放たんとしている。

めぐりめぐる縁を再び結ばんと、星は瞬く。

たとえ何百年もの歳月《とき》を隔《へだ》てようとも。

光は、未来《さき》を示す。

其之一　十八の夏、それから

緑は美しい。

特に雨上がりの朝の深緑は、陽光を一身に纏《まと》ってどこまでも瑞々《みずみず》しい。

けれど人里から遠く離れた渓谷《けいこく》には、暦《こよみ》からふた足ほども早く秋の気配が近づいていた。朝夕の風は随分《ずいぶん》と冷たくて、無意識の内に手と手をすり寄せそうになる。それでも昼間はやはり陽が差して、険しい山道を行き来していればジッと汗をかく。

汗だくになってしまったのなら、それをさっぱり清めたいと思うのは、人のこころの常。

だが人里から遠く離れた渓谷に於いて「優雅に水浴び♡」という、乙女心《おとめごころ》にも満足なロマンティシズムは、あまり期待できない。

期待できるのは、漢《おとこ》の浪漫溢《ろーまんあふ》れる世界。

すなわち、滝行《たきぎょう》。

生い茂る緑を分け入り、ひんやりと漂ってくる涼しい風を追っていけば、やがて荒々しい水の声が聞こえだす。

八百万《やおよろず》の神々が坐《おわ》す大八洲《おおやしま》。

近頃、碧《あお》き瞳の者たちからジパングなどと呼ばれる島国、日本。

この日本で一番大きな滝といえば、紀伊国熊野《きいのくにくまの》にある『那智《なち》の滝』。二番目が下野国日光《しもつけのくににっこう》の『華厳《けごん》の滝』だ。

その熊野も日光も修験《しゅげん》道場として古い歴史を持ち、特に熊野は「日本第一の霊験《りょうげん》」と謳《うた》われている。

そうした霊域において、神秘なる存在の大モトは、固有の名前を戴《いただ》くカミやホトケではない。それは後世の人々が付け足したものであって、畏敬《いけい》を捧げる対象はまず、そこに広がる自然そのものだった。だから那智の滝は熊野信仰の「三所権現《さんしょごんげん》（本宮《ほんぐう》・那智宮《なちぐう》・速玉宮《はやたまぐう》の三社）」あるいは「十二所《じゅうにしょ》権現（十二柱《はしら》の神）」とは別に、大滝の神――飛瀧《ひろう》権現として昔々から祀《まつ》られていた。

神宿るその滝は、正確には「那智・一の滝」と呼ぶ。周囲には大小四十八もの滝があって、一番大きな滝が一の滝、すなわち飛瀧権現だ。

その権現の御姿は……後々の世に普及するメートル法で表せば高さ百三十三メートル、幅十三メートルとされている。

けれど今、有髪《うはつ》の僧侶《そうりょ》がひとり挑《いど》む滝は、飛瀧権現と比べれば赤子のような大きさ。いや、赤子よりも更に小さいだろうか。更にいえば、その滝は「那智の滝」の範疇《カテゴリ》に属するものではない。

そこは紀伊国熊野ではなく、それより北の、大和国吉野《やまとのくによしの》の山奥。

空を振り仰《あお》ぎ、覗《のぞ》く緑の木々の隙間《すきま》。

その真ん中より現れて飛沫《しぶき》を風に散らす、真白なる落下流水。

高さはせいぜい十八メートルほどだが、先日の雨で水量が多い。行に不慣れな者が挑《いど》めば、少しの油断であっという間に滝壺《たきつぼ》へ飲み込まれてしまう。

清く厳しいその滝の中、散切《ざんぎ》り頭の僧侶《そうりょ》は真っ白な衣《ころも》を纏《まと》い、平たい石の上にじっと座っている。脚の組み方は無論、結跏趺坐《けっかふざ》。慣れない者がこれに挑むと、まったく組めない、或いは、長時間組むとなかなか解けなくなる等の事態に陥《おちい》る。

だが、その僧は慣れていた。

足を組み、指を組み、瞼《まぶた》を閉じて冷たい水に打たれながら、途切れることなく経文《きょうもん》を唱えている。

面立《おもだ》ちを見る限り、僧の歳《とし》の頃は十七、八ほど。しっかりとした肩の線や手足の大きさを見れば青年のそれだと知れる。

だが、彼が実際に生きている年数は、その外見からはとてもではないが量り知れない。

――――よって、結論。

暦《こよみ》は陰暦《いんれき》八月、葉月《はづき》の初めの昼下がり。

大和国吉野の山中では今、胡散《うさん》くさい有髪《うはつ》童顔僧侶がひとり、滝に打たれていた。

彼の名は、カイ。

「…………」

経文を唱える声が、ふと途切れた。日が昇った頃よりずっと厳しい水に晒《さら》されているにも拘《かか》わらず、唇の色はまだ完全には失われていない。

カイは、もう七日間もこうして滝行《たきぎょう》を続けている。

目的は精進潔斎《しょうじんけっさい》のため。

大和の吉野山は、別名を金峰山《きんぶせん》。古《いにしえ》より「神仙《しんせん》の棲《す》まう霊域」とされてきた。

その吉野のほど近く。山上ヶ岳の頂には竜の頭と呼ばれる巨岩があり、それから南へと険しくうねる大峰《おおみね》山脈は、まさしく竜体。竜の尾はそのまま紀伊熊野の聖域へと繋《つな》がっている。

竜は、水神《すいじん》。

水はいのちの根源。

熊野の聖域へ詣《もう》でることは、母親の胎内《はら》へ回帰《かいき》していくことと似ている。

参詣《さんけい》するための道程《みちのり》は、幾つかある。だがそのどれもが並大抵の志《こころざし》なくして通えるものではない。それでも詣でる人々は自らの生死をも懸《か》けて、貴賤《きせん》を問わぬ寛《ひろ》き神の懐《ふところ》、聖《きよ》い水に抱かれた社《やしろ》を、一心不乱に目指す。

そんな旅路の始めとなれば、世俗にまみれた身を洗い浄めるための滝行には力が入る。

……が。

大峰山脈ルート、俗に「奥駈《おくが》け」「逆峰《ぎゃくぶ》」などと呼ばれるその参詣《さんけい》コースに於いて、禊《みそ》ぎは聖域の入り口——吉野川《よしのがわ》で行うことが常。

無論、カイはそのせせらぎに浸《つ》かって入念に禊ぎを済ませた。

けれど思うところがあって、最初の参拝所である蔵王堂《ざおうどう》へ詣《もう》でたのち、こうして滝に打たれていた。

しかし。

「……駄目だ」

固く引き結んだ唇を解いて、舌打ちまじりに呟《つぶや》く。

瞼《まぶた》がゆっくりと持ち上げられ、真っ黒な眼が飛び散るしずくたちをジッと捉えた。

この七日間、カイはこの動作を何度も何度も繰り返していた。

手足を引き千切《ちぎ》るように冷たく激しい水に打たれ、一心不乱に経《きょう》を唱えて。それでもまだ迷いが消えない。無我の境地に至っても、すぐにアレコレと雑念がこみあげてくる。

こんな状態で「奥駈け」に挑《いど》んでは、タダでは済まない。

大峰の山々が「世俗より隔離《かくり》された聖域」であることは勿論《もちろん》だが、一切の虚飾《きょしょく》も自我も何も棄《す》てて挑まなくては越えられないような難所が幾つもある。一身上の都合により甚だ頑丈な体の持ち主とはいえ、断崖絶壁《だんがいぜっぺき》から谷底へと落ちる体験など絶対にしたくない。

（……そんなことになったら、やっぱり死ぬよな）

瞼を閉じて、胸中でそっと呟く。

墨染《すみぞ》めの衣《ころも》を纏《まと》い、手には錫杖《しゃくじょう》を持って諸国をふらふらふらふらふらふらふら行脚《あんぎゃ》するカイにとって、紀伊熊野は憧《あこが》れの聖地。そしてふらふらする以前より、大峰・奥駈けの苦行へ挑んでみたい気持ちがあった。

けれど現実は、このとおり。

「……………」

視界を閉ざしたまま、ため息をつく。深く長いそれを吐き出し終えると、そろそろ諦《あきら》めもついた。どうやら今日も「禊《みそ》ぎ」は完了しそうにない。

（ひとまず、戻るか……）

組んでいた指と脚をゆっくりと解いて、サッとかぶりを振る。

瞬きをする。

その、一瞬のことだった。

「――――――――――」

目の前を、何かがよぎった。

逆光のせいか否《いな》か。それは黒かった。

そして大きかった。

直後。

どッ　……ぼぉおおん

盛大な水音が響いた後、辺りにバラバラと大粒の飛沫《しぶき》が降った。

「？」

元よりずぶ濡れのカイは滝に打たれたまま、ただぼうっと目を丸くする。

何かが上から落ちてきて滝壺《たきつぼ》に落ちた。それは、わかる。わかったのだが。

(イノシシかクマが水浴びのために飛び込んだ、か？)

だが、イノシシやクマがあんな豪快な飛び込み方をするだろうか？

そう首を傾《かし》げた直後。

滝壺の真ん中に、パサ、と笠《かさ》が静かに舞い落ちた。

うねりながら下流へと向かう水の波の間《ま》に間《ま》に、白い脚絆《きゃはん》が見えた。

「――――ヒトだ!!」

飛び込んだのは山に棲《す》む獣《けもの》ではない。紛れもなく人間だ。

「……ッ」

カイは反射的に立ち上がる。助けに向かわんとした。

が。

ほんのり苔《こけ》むしている上に濡れている岩というものは、大変に危険だ。特に足場としては最

悪であり、そこを歩くには慎重に行くか、或いは雑念を捨て気合いでやり過ごすしかない。

しかしカイは、両方に失敗した。

つまり。

………ドボォオオンッ
辺りに再び大きな水音が響き、ぱらぱらと飛沫《しぶき》が緑を打つ。

滝口近くの水際《みぎわ》には笠《かさ》が岸にたどりつき、音もなく主もなく唯《ただ》のひとつ身で吉野山の景色を見上げていた。


杉林と杉林の合間を行く、小川。

やがては吉野川へとそそぐ清流。

幅は八尺《しゃく》（約二・四メートル）ほどだが、先日の雨で水が増えていて流れが速い。いつもなら水は穏やかなエメラルドグリーン。けれど今日はやや白く濁《にご》っている。

………にもかかわらず。

陽のやや傾きかけた小川には、人影があった。

元結《もとゆい》を解いた少年がひとり、静かに水浴びをしていた。

否《いな》。浴びているというよりは、むしろ泳いでいる。白っぽくうねる林間の小川を、少年は悠《ゆう》悠《ゆう》と泳いでいた。そうしてふと、岸の間際で脚をついてスッと立つ。

水位は、十三、四歳ほどのその少年の腰のあたりまで。

光に晒《さら》された肌は吉野に降る雪のように白い。顎《あご》から首筋、鎖骨《さこつ》、肩にかけての造りは見るからに華奢《きゃしゃ》。だが、痩《や》せすぎ、という印象はまったくない。その線の細さは「美しい」と表すより他にない。結《ゆ》わずに背へ流した髪は絹糸のように柔らかく艶《つや》やかだ。

少年は、大峰の竜神《りゅうじん》の化身《けしん》か。

或いは竜神に仕える神仙《しんせん》の類《たぐい》か。

いずれにしてもそれは、人ならぬ美の域。

そうしてそれは確かに正しい。

正しくはあるのだが。

「……あれ？」

少年の大きな双眸《そうぼう》が、さらに大きく開かれた。

眼差《まなざ》しが捉えたのは、水が現れてくる先にある岩場。

黒いかたまりが、見えた。

その気配は山の獣《けもの》ではなく、明らかに人のもの。

「なぁんだ」

小さく呟《つぶや》いたあと、ふと、少年は唇を三日月《みかづき》の形に歪《ゆが》めた。それから静かに川へもぐった。

緩《ゆる》やかな流れの中を、軽《かろ》やかに逆行する。しばらくと経たない内に岩場へと泳ぎ着く。岩の周りは川底が深くなっている。その深さを有効利用して、人影から見えない場所へと泳いで回り込む。

ひと呼吸。

深呼吸。

準備《スタンバイ》。

間《ま》。

そうして。

「きィやあァアあああああッ、覗《のぞ》き魔《ま》————————ッ!!」

突如響き渡る、声。

「なぁ!?」

岩に張りつく様にして伏していた有髪僧《うはっそう》は、にわかに意識を取り戻した。が、状況が飲み込めずに辺りをキョロキョロ忙しく見回す。

その彼の真横から、少年が急に浮かび上がる。

「わあッ」

「覗き魔成敗《せいばい》!」

「は!?　……ッと!」

水中から繰り出される蹴《け》りを躱《かわ》して、カイは岩の上に飛び移った。それからようやく仕掛けてきた相手が誰なのかを、知る。

「テン！　お前か！」

「ワタシだよ」

肩から上だけを現した少年は、細い顎《あご》をツイ、と反《そ》らして答えた。神秘の域とはかなり縁遠い、みるからに尊大《そんだい》……すなわち「エラそう」な態度と仕種《しぐさ》だ。

そう。人ならぬ美を纏《まと》う少年は、大峰の竜神《りゅうじん》でも、吉野の神仙《しんせん》でもない。

神仏の御名《みな》をもって唱えるのならば、その身は、北辰《ほくしん》（北極星）あるいは北斗七星《ほくとしちせい》の化生《けしょう》とされる金属神・摩多羅《またら》。

けれど有髪僧の連れ合い《パートナー》として呼ぶのなら、その名前は「テン」だ。

「ていうかさ。もしかして、川に入ってるのが誰だかワカラナイ状態でそこにいたわけ？　やだなー、無差別覗き魔。やらしー」

「む……ッ、誰がだ!!」

カイは血の気《け》の戻ってきた顔を一気に赤くして、思いきり怒鳴る。

だが。

「……………っ、なッ、………おまえ、何か着ろ！」

「は？」

テンはきょとん、と目を丸くした。けれどすぐに呆《あき》れ顔で瞼《まぶた》を半分だけ伏せる。

「水浴びするのにナンで何か着てなきゃいけないわけ」

「みっ、……そもそもなんでお前が水浴びなんかしてんだ！」

「禊《みそ》ぎのために決まってるでしょ？　カイが滝行《たきぎょう》やってんの邪魔《じゃま》しちゃあ悪いだろうな、って思ってココでやってんの。文句ある？」

「……………じゃあ、せめて離れてくれ」

「え？　ヤダよー、だ」

「……おっ、お前には恥じらいってモンがねぇのか！」

「男同士で何を恥じらうっての」

「恥じらいやがれッ！」

半泣きで混乱するあまり、返す言葉が無理矢理な命令形と化す。それでもテンはべー、と舌を出して従おうとしない。よって、カイが折れて自主的に視線を逸《そ》らした。

そうするうち、自分が何故《なぜ》ここにいるのかも、ようやく思い出す。

「あのな。一応断っておくが、俺は、滝行をしてる最中に滝壺《たきつぼ》へ飛び込んだ奴を見つけたんだよ。それで」

「それでワタワタ慌《あわ》てたら自分も滝壺に落ちて、ついでに気も失って、ここまで流されてきたってワケ？」

「…………そうだ」

他人《ひと》の口で語られると、一層マヌケな事実だ。しかし真実である。

証拠に、カイの傍《かたわ》らには岩肌に張りつくようにして伏したまま動かない青年が、いる。

体格から判別するに、歳《とし》の頃は二十歳《はたち》以上、三十路《みそじ》前。纏《まと》っているのは白単衣《しろひとえ》に鈴懸《すずかけ》の法衣、結袈裟《ゆいげさ》という、典型的《オーソドックス》な山伏《やまぶし》の装束《しょうぞく》。剃髪《ていはつ》はしておらず、真っ直ぐな黒髪はきっちり髻《たぶさ》を結《ゆ》っていた。

彼は、どうして滝へ飛び込んだのか。

だがまずは介抱《かいほう》が先だ。

「よ……っと」

カイは脱力しきった腕を肩に担《かつ》ぐ。青年の腰帯をしっかりと持って後ろ手に体を抱え込み、川中の岩から杉林の岸へ飛び移ろうとした。

だが、そのときに。

「あ。やっぱり」

「は？」

テンの呟《つぶや》きに、カイはつい気を取られた。

一方で、岩に当たって散る飛沫を浴びた岸の土は、とても滑りやすくなっていた。

結果。

「……でェ――――――――ッッッ！」

だぼぉォん

着地に失敗した有髪僧《うはっそう》は要救助人員とともに、またしても川の流れへ身を投じた。
大概《たいがい》マヌケだと、後々で自らも反省した。
しかしそれは後々のことであって、今は違う。

「テン！　いいかげ……」

声は、中途半端に萎《な》える。
叫ぶ途中で、カイは、初めて青年山伏《やまぶし》の顔を見た。
どことなく、どこかで見たことがあるような面立《おもだ》ち。
否《いな》。
見覚えが、あった。

「………平三《へいぞう》!?」

☆

かァかァと。
大きくのびやかに響くカラスの声が、にわかに目覚めを誘った。

ずっと閉じられていた瞼《まぶた》が細かく震える。と、睫毛《まつげ》は急にサッと持ち上げられた。同時に、単衣《ひとえ》を纏《まと》った体は勢いよく跳ね起きた。その拍子《ひょうし》に髻《たぶさ》の緒《お》が解けて、生乾《なまがわ》きの髪がばさりと肩へ落ちてきた。

大樹の木陰で目覚めた青年は、それ以上動かない。開いた眼《まなこ》は開いたまま。膝《ひざ》の上に置いた手は指先を少し折り曲げて、拳《こぶし》にならないまま。唇から声がこぼれることもない。

だけどそのうち、視線だけが動く。

膝元に、白無地《しろむじ》の鈴懸《すずかけ》の衣《ころも》。

いつ脱いだのか、と軽く手にとって眺める。けれど手にした瞬間、それが自らのものではないことに気づく。自分が纏っていたのは、洗い晒《ざら》しの麻織《あさお》り衣《ごろも》。だがこれは生絹《すずし》の浄衣《じょうえ》。寸法《サイズ》も小さい。

「……………」

真っ直ぐな眼差《まなざ》しが、僅《わず》かに曇る。思案に暮れる。

さわ、と風が吹く。

辺りは既に夕暮れ時。下界よりふた足も早く秋が訪れようとしている吉野の緑たちは、落陽《らくよう》の色に染められながら静かにさやぐ。

大樹は、楠《くすのき》。

近くにはまだまだ背の低い梛木《なぎ》。その枝先に青年の鈴懸と、そして笠《かさ》が掛かっていた。

ここは何処《どこ》だ、と。

渇《かわ》ききった唇が声のないまま呟《つぶや》く。

その矢先。

……ザザ　　ガサガサ　ズザザ
傍《かたわ》らの藪《やぶ》が急に騒ぎだす。

「――――！」

青年は咄嗟《とっさ》に懐《ふところ》へ右手を入れる。衣《ころも》の下でいつも差している短刀を取り出そうとした。が、
その刀がない。短く息を呑《の》む。

瞬間。

「……カクセーイ」

「スイテイカクセーイ」

ふたつの幼い声と、謎《なぞ》の言葉。

「⁇」

青年は、緊張の糸がフッと緩《ゆる》んだ。

直後。

「ばあッ」

「たあッ」

藪の中から、小さな影が飛び出した。それはあたかも、世間知らずのウリ坊が突進したかの如き勢い。世間知らず、という形容詞がついているほどだ。童《わらべ》ふたりは勢いをまったく殺さずに青年へタックルをかけた。

彼は、あっさりと転がる。

奥二重《おくぶたえ》の双眸《そうぼう》が大きく見開かれて、ただただぼうっと大樹の枝を見上げる。

驚きすぎたのか否《いな》か、表情はまったくない。眸《ひとみ》だけが心中を物語る。

いったい、ここは何処なのか。

謎の童たちから頬《ほお》を軽く叩《はた》かれ額をつつかれながら、ひたすら自問自答を繰り返す。

すると、また藪が騒いだ。草や土を踏む足音も、ハッキリと聞こえた。

「！」

青年は素早く身を起こし、左腕で自分と大樹の間に童たちを隠す。右手は髪の中に隠していた三寸《ずん》ほどの笄《こうがい》を取り、鞘《さや》を歯で噛《か》んで刃を抜く。

奥二重の双眸には、山猫のような鋭さ。

童たちは、ただ目を丸くする。

そうして。

「……った、マナ、アラヤ！　待てって言ってるだろうが！　待っ……」

藪《やぶ》の中から現れたのは、墨染《すみぞ》めの衣《ころも》を纏《まと》った有髪僧《うはつそう》。

その手には太刀《たち》でも錫杖《しゃくじょう》でもなく、火を焚《た》くための枯れ木の束。

「――――」

青年の右手から、刃が落ちる。

そのことに有髪僧……カイは、まったく気がつかない。彼が最初に見たのは、摩多羅の二童子が青年に早速《さっそく》じゃれついている光景。それを見て「遅かったか」とため息をつく。

「ねー。お目覚め。覚醒《かくせい》」

「もー。推定《すいてい》覚醒から確定《かくてい》覚醒」

「あー、わかったわかった」

謎《なぞ》の言葉を操る二童子の頭をそれぞれ撫《な》でたあと、カイは青年の額へ手をあてた。

「よし。熱はねぇな」

「……………」

「腹は空《す》いてるか？　空いてるのなら、粥《かゆ》でも作るが」

枯れ木の束を解きつつ、カイは問う。

返事は、まったくない。

落陽の光はもう僅《わず》かばかりで、どんなに近くても互いの小さな表情までは見えない。

その薄闇の中。

「へ……」

平三？　と。カイは、そう呼ぼうとした。

けれどそれよりも数倍速く。

「────────お久しゅうございます!!」

片膝立《かたひざだ》ちの有髪僧《うはっそう》のその膝元へ、青年は突然突っ伏した。重心が狂ったカイは地面に尻餅《しりもち》をつく。目は無論、謎《なぞ》の行動に出た者を凝視《ぎょうし》していた。

「な……ん、おい、……平三!?」

「はい！　……いえっ、確かに私は『平三』でございますが、今は帝《みかど》より官位を授かりまして、正式には長尾弾正《ながおだんじょうしょうひつ》小弼景虎《かげとら》にございます！」

「だ、だん？」

「まことに、誠《まこと》にお久しゅうございます、カイ!!」

「おおおお、お、おひさしゅう……」

膝にしっかりと抱きつかれ────いや、すがりつかれて戸惑いつつも、やっぱりか、と胸中で唸《うな》った。

青年は、長尾平三景虎。いや、正式には長尾弾正小弼景虎。

彼とは以前、互いに縁《えにし》があって知己《ちき》の間柄《あいだがら》となった。

けれど、あれからもう何年も経っている。

まさかこうして再会するなど、カイは未だ以《もっ》て信じがたい。

……いや。信じがたいのは、こうして、再び出会ったことそのものではなく。

「平三が、なんで吉野山にいるんだ！」

放っておけばいつまでも張りついていそうな腕をなんとか引き剝《は》がして、カイは彼へ詰め寄った。が、すぐに後悔する。

「よくぞ聞いて下さいました」

景虎は僧衣の肩に両手をかけて、さらに間《ま》を詰めた。額と額を突き合わせる距離でジッと相手を見据《みす》える。異様なまでのその迫力に、カイはつい身を引く。が、景虎の握力と腕力は並ではない。眼力《がんりき》に至ってはそれ以上。

「まさか吉野山にてカイと再会できるとは、これはおそらく神仏の思《おぼ》し召し。いえ、きっとそうでございましょう。その他に何がありましょうか」

「いや、……平三？」

「古今《ここん》の書によれば、吉野山は又の名を金峰山《きんぷせん》。奇《くす》しき神仙《しんせん》の棲《す》まう処《ところ》として名高き霊域であります。そのような地で再びの縁となれば、これまでの」

「ああああ、話は聞く！　聞くから、せめて手短に言え！　手短に!!」

逃げ腰のカイは必死に景虎の声を遮《さえぎ》った。

そう。カイは知っている。いや察した。今の景虎は「マニアモード」だ。

こうなったら、彼は止まらない。延々と熱弁を振るう。己《おのれ》の知識と教養を総動員してあれやこれやと語る。

彼の博識《はくしき》ぶりと旺盛《おうせい》な研究心には敬意を表《ひょう》してやまない。が、それも時と場合による。

何より、景虎へ一番に訊《き》きたいことはとっくに決まっている。

「平三、……おまえ、なんで越後《えちご》じゃなくて吉野《ここ》にいるんだ!?」

摑《つか》まれっぱなしの肩を無理に引きながら、叫ぶ。

景虎の手は、意外なほど簡単に外れた。

一瞬の沈黙。

一瞬だけの空白。

それを、カイは持ち前の鈍《にぶ》さで摑み損《そこ》ねた。

景虎は背筋をピンと伸ばし、相手の目を真っ直ぐに見て告げる。

「私が吉野を訪れた理由は、高野山《こうやさん》を目指すがためであります」

「こ————、高野山だと!?」

「はい」

「……念のために聞くが。なんで、高野山なんだ?」

「決まっているではありませんか」

問い返された景虎は、目を細める。

「弾正小弼《だんじようしようひつ》景虎はこれより真言宗《しんごんしゆう》の聖地・高野山へと詣《もう》でて、頭を剃《そ》ると同時に世俗《せぞく》も捨てて得度《とくど》し、古《いにしえ》の弘法大師《こうぼうだいし》の如き高僧となることを目指そうと思っているのです」

「こっ…………」

高野山。弘法大師。高僧。いったいどの単語を繰り返そうとしたのか、本人ですらわからない。どれなのか定まらないから声が詰まった。だから、カイはただ叫ぶ。

「お、お前、まだあの夢を捨ててなかったのか!?」

「はい」

飽《あ》くまでも、手短に。かつ誠実に景虎は答える。答えて、くれる。

けれど却《かえ》って混乱した。

（こっ、こ、こいつ……この平三ってヤツは……ッッッ）

長尾平三景虎改め、長尾弾正小弼景虎。

血筋は坂東八平氏《ばんどうはちへいし》の末裔《すえ》。

知識欲旺盛で、神仏に対して並々ならぬ信仰心を捧げる者。

彼は、たった十九歳で越後国の守護代《しゆごだい》・長尾氏の家長となった。

病《やまい》がちな長兄《ちようけい》と「父子《とと》の儀《ぎ》」を結ぶことで家督《かとく》を継ぎ、衰退する主君・上杉家《うえすぎ》へ忠義を表しつつ国政の一切を執り行う、若き権力者となった。

その後、嗣子《しし》のいなかった越後守護職《しゆごしよく》上杉家は断絶する。

主家《しゅか》断絶の翌年、景虎は朝廷から官位を授かり、その更に翌年には上洛《じょうらく》して帝《みかど》に拝謁《はいえつ》。京から逐《お》われていた足利《あしかが》将軍の帰還にも一役買った。

――と。ここまでの経緯は、北伊勢《きたいせ》にある雲恵《うんけい》の社《やしろ》を訪れた旅人から聞いた世情。

ここまで聞いただけでも、立派すぎるほどの輝かしい栄達《えいたつ》ぶり。

以前、知己《ちき》の縁を結んだとき、また会うことがあれば会おうと告げて別れた。

けれど景虎は己《おの》が故郷で為《な》すべきことがある者であり、カイは漂泊《ひょうはく》の身の上。

互いに進んでいく道がまた交わることは、むしろ不可能のようでさえあった。

なのに。

景虎という者は。

(ちっっとも変わっていやしねぇ!)

出会ったのは、家督《かとく》を継ぐ前の、彼がまだ十八歳だった頃。

そのときに、将来の目標などは何か、ということを訊《き》いた。

そのときの答えは。

「『出家《しゅっけ》して、立派な僧侶《そうりょ》になること』」

「はい」

「……諦《あきら》めてねぇんだな!?」

「はい、勿論《もちろん》」

「諦めろ！」

「無理です」

「……『無理です』じゃねぇだろ!!　駄々《だだ》っ子《こ》かオマエは！」

ズキズキと痛む頭を乱暴にかきむしり、カイは声を荒らげた。

「平三、わかってるのか？　お前は家督を継いだんだぞ？　越後の国主《こくしゅ》なんだぞ。……世俗《せぞく》を捨てるっていうのなら、官位も一族も何もかも捨てることと同じだ。それを、お前は本気でやるっていうのか？　それを重々承知の上で国許《くにもと》を出奔《しゅっぽん》してきたっていうのか！」

「はい」

怖《おじ》けず、揺るがず、整然《きっぱり》と。景虎は頷《うなず》き返す。その真っ直ぐな眼差《まなざ》しと背筋に彼の覚悟の程が滲《にじ》み出ていた。それを目の前にしてカイは、もう口を噤《つぐ》むしかない。沈黙の下、きつく歯噛《はが》みをする。

そのすぐ横へ。

「平三？」

急に、景虎が声もなく前のめりに倒れ込んできた。

カイは驚いて、すぐさま肩を支えて抱き起こす。

「おい、どうした。……平三!?」

体を揺さぶってみても、頬《ほお》を叩いてみても反応はない。意識がまったくない。

景虎は、完全に気を失っていた。

「――過労だよ」

とっぷりと暮れた空の下、大樹の傍の藪《やぶ》から聞こえたのは、鈴のように涼しげな声。

「テン」

「そう、ワタシ」

無造作《むぞうさ》に生い茂る緑を分けつつ、純白の単衣《ひとえ》と袴《はかま》を着た少年が現れる。木陰にいた二童子はすぐに彼の元へ駆け寄り、両脇にそれぞれ控えた。

「……話は、どうせ聞いてたんだろ?」

「もちろん聞いてたよ。最初っから」

「最初から?」

「うん」

結《ゆ》わずに流したままの髪を軽くかきあげつつ、テンは景虎の額にそっと触れた。

「熱はないけど、体力も気力も全然なくなってる。今日はもう、そっと寝かせておかないと駄目だね」

「……たしかに、な」

武家の子息《しそく》として厳しく育てられた者が、人前で、これほど無防備に昏倒《こんとう》するなど常ならあり得ない。それはたとえ家臣の前であっても同じ。いま、世は戦国。家臣がいつ主《あるじ》を殺《あや》めて反乱を起こすかも知れない時代だ。……けれども。

「思うに、さ。平ちゃんはカイとまた会えて、ものすごくホッとしたんじゃない？　だから緊張の糸が切れてバッタリいったんだよ」

「？　俺と、会えて？」

「ソウ」

「……お前と会えて、じゃなくて、か？」

「なに言ってるの。平ちゃんはワタシの姿、まだ見てないでショ」

「それは――」

そうだが。そのように続けかけたが、途中でやめた。星月夜《ほしづくよ》の闇の中、テンが声もなく小さく笑っているのがわかったからだ。カイは口を真一文字《まいちもんじ》に結び、視線を明後日《あさって》の方向へ逸《そ》らした。

そう。

カイと景虎は、知己《ちき》の仲。

だけど同時に「仇《かたき》」の仲。

十八歳の景虎はテンへ、二度も求婚した。

一度目は、テンが少年の姿のとき。二度目は星の神を己《おの》が唯一の女性《にょしょう》――『玉女《ぎょくにょ》』として『吉祥天女《きっしょうてんにょ》』として、その存在を欲《ほっ》した。

その求めは、いちおう断っている。

けれどカイは知っている。

北伊勢を訪れた世情に詳しい旅人は、ぽつりと、何気なくこんなことも言っていた。

越後の国主殿《こくしゅ》はどうして未だに妻妾《さいしょう》の一人も迎えておらぬのかな、と。

「――――カイ」

「あ？」

急に名前を呼ばれて、我に返る。それから、気づく。

瞬きをしてほんの少し首をもたげれば、そこにもう、漆黒《しっこく》の大きな瞳があった。

「カイ？」

再び呼ぶ声のその吐息さえ、間近。

テンは地面に両手両膝《りょうひざ》をつき、伸び上がるようにしてカイの顔を覗《のぞ》き込んでいた。

結《ゆ》っていない絹糸の髪がさら、と墨染《すみぞ》めの肩を掠《かす》る。

「ねえカイ。もしかしなくても、ヤキモチやいてんの？」

「………は？」

「だって急に言葉を切ったじゃない。ワタシから目を逸《そ》らしたでしょ。そーいうときのカイって、必ず、機嫌が悪いときなんだよね。――――平ちゃんとの再会は、そんなにも不安？」

「別に不満じゃ……」

「不安か、って。そう訊《き》いてんの」

鋭く繰り返してから、テンは更に顔を近づける。言葉を紡《つむ》がなくても、ただの呼吸さえ相手の肌へ伝わるような、距離。カイはむせこんだように一度だけ咳《せ》き込んで、後ろへ身を退《ひ》く。

だが簡単に追いかけられた。

伸び上がり気味の者と、仰《の》け反《ぞ》り気味の者。有利なのは、当然――。

「答えてよ」

「何を、だ？」

「カイは、誰をどう思ってる？」

「だ、誰をどうって」

「平三がワタシを忘れられないでいる、ということが不安なの？　それとも、ワタシが平三になびくんじゃないかと不安なの？　……サアどっち!?」

「…………知るか！」

一方的な問いかけに、カイは自棄《ヤケ》になってそう言い放つ。そんな質問に堂々と答えられる性格なら、何の苦労もない。余計な苦労も激痛も体験せずに済むのだが。

「あ、そ」

テンの目がすうっと細くなる。

直後。

「……ってェ!!」

カイは至近距離から強烈な頭突《ずつ》きをくらった。衝撃《しょうげき》で、体を支えていた腕が外れる。彼は仰向《あおむ》けの格好でその場に倒れた。なにしろ相手は星の神、金属神なので痛みは半端ではない。閉じた瞼《まぶた》の裏でまだチカチカと謎《なぞ》の星が舞っていた。

「いーよ。もう」

顔の上半分を両手で覆《おお》って唸《うな》る姿を冷ややかに見下ろし、テンは軽く鼻を鳴らした。

「そォんなふうに根性ねじくれてんのなら、いつまでも滝行《たきぎょう》やってれば？　そのまま大峰入りしたんじゃ、崖《がけ》から落ちて大怪我《おおけが》すること間違いナシだもんね。ワタシも、カイをそこまで頑丈な体にしてあげた覚えはナイし」

「……余計なお世話だ」

売り言葉に買い言葉。

頭の片隅《かたすみ》ではわかっていても、そんな言葉が先に口から飛び出した。頭突きされた鈍《にぶ》い痛みでカイはいつも以上に気が回らない。

いや。額の痛みの所為《せい》だけでは、ない。

「………………」

すうっと、星の神の眼差《まなざ》しが、深く透《す》きとおる。

「もしかして――怖いの？」

「成長した平三と再会したこと、が」

「なにが」

言われて、カイはただ息を呑《の》む。

額を覆っていた両手を外して、ゆっくりとテンを見た。

視線が、絡《から》まる。

お互いにいま口にしようとしていることは、互いに目を見れば、わかった。

何故《なぜ》か――或いは当然のように、思いは通じた。

通じあって初めて、カイはハッキリとそれを自覚した。

十八の少年から、青年へと成長した景虎。

だけど自分たちは彼が十八の頃から少しも変わらない。

次に目覚めたとき、彼は、先程のように素直に再会を喜んでくれるだろうか？

人ならぬこの身を、人である彼はどう思うだろう？

いま一番不安なことは何かと問われれば、その「反応」だ。

（…………）

カイは目を閉じて、左手で顔を覆う。捉えどころのない奇妙な感覚がじわじわと胸の奥に広がる。いや、胸の奥から外へ向けて広がりだす。

その、胸の上に。

「怖いのは、仕方ないんじゃない？」

先程は強烈な突きを見舞わせた額が触れてきて、低い声が静かに響く。テンは倒れた体の上にぴたりと身を寄せて寝そべった。

「怖くなかったら、そっちのほうが問題アリだよ。まあ、結局のトコロは『なるようになるしかない』んじゃない？」

カイは中途半端に鈍《にぶ》いんだから、あんまり深く考えないほうが得だよ。

からかっているのか、それとも遠回しに宥《なだ》めているのかよく知れない言葉が、続く。

カイは何も言わない。

ただ。

地面に投げ出していた右腕が動いて、白単衣《しろひとえ》の肩に触れようとした。だが途中でやめた。

右手を地面に押しつけて、無理矢理に起き上がる。

それでもテンは離れようとしない。

「…………あの、な」

「なに？」

「頼むから、あんまりくっつくな」

カイは深々と俯《うつむ》いたままズイ、と細い肩を突き放す。テンは一瞬目を丸くした。

旅の連れ合いである二人は、同時に、正式な婚約を交わした仲。

そのことを思えば、それは、あまりにも他人行儀《たにんぎょうぎ》な台詞《せりふ》だ。

けれどテンは特に反論しない。

「あっそ」

短く呟《つぶや》いて、離れる。

だが立ち上がりざま、俯いたままの顎《あご》に素早く膝蹴《ひざげ》りを入れた。

「〰〰〰〰〰〰〰〰〰〰〰〰〰〰〰〰〰〰〰〰〰〰ッ」

カイは無言でその場にうずくまり、痛みを堪《こら》える。

そうしていると、急に小さな手から頭を撫《な》でられた。

少しだけ目線をあげる。と、狩衣《かりぎぬ》を纏《まと》った女の童子がいつの間にか横にいた。膝を立ててちょこんと座り込み、なにやら真剣な顔をしていた。

「アラヤ？」

「ん〰〰〰〰〰、痛いの痛いのドーン」

謎《なぞ》の呪文《じゆもん》だ。

頭を撫でられ、何度もドンドンと唱えられるうち、カイはすっかり脱力した。もはやどこがどう痛いのか何なのか分からない。

「痛いの、消えた？」

「……………消えた」

「よろし。任務完了」

アラヤは自信たっぷりに頷《うなず》く。今度はカイがその頭を撫《な》でて、ゆっくり起き上がった。

テンの姿は、ない。男の童子であるマナもいない。もしかしたらまた川へ行って、月光浴を兼ねた水浴びをしているのかも、しれない。

楠《くすのき》の大樹の下には唯《ただ》、疲れきって眠っている青年。

「…………ったく」

月と星の淡い光。青白く照らされるばかりの景色の中、カイは長く重いため息をついた。

――聖地熊野に対する憧憬《しょうけい》は、まだ比叡山《ひえいざん》に預けられていた幼い頃からずっと抱いてきたもの。それは一度や二度訪れただけで済むような情熱では、ない。

だが。

苦行である大峰・奥駈《おくが》けに挑《いど》まんとしている理由。

その苦行の始まりである禊《みそ》ぎにやたらと手間取っている理由。

どちらとも、婚約者である摩多羅神《またらしん》には言えない。言えるはずがない。

(言えるわけがねぇ)

組んだ脚の上に頬杖《ほおづえ》をついて、カイは眉間《みけん》をきつく引き絞《しぼ》る。

その頭を、アラヤからまた、ぽん、と撫でられた。

其之二　平静と情念の間

古びた小舟の舳先《へさき》は、まっすぐ対岸を目指す。光る川面《かわも》には空の青、それと山の緑が映る。だけど舟上から眺める流れはそのどちらでもない、不思議な碧色《みどり》をしていた。

「ありがとうございます」

そう言って、女が年老いた船頭《せんどう》へ足代を渡した。衣《ころも》の裾《すそ》を静かに捌《さば》き、岸へと降り立つ。

「もし。どちらへ詣《もう》でるご予定で？」

「……予定は、特にはございません」

女はゆっくり、でも確かな口調で答える。頭に被《かず》いた白銀《しろがね》色の袈裟《けさ》が少しばかり揺れた。

杖《つえ》が、渡し場の床板をコツと鳴らす。

枇杷《びわ》茶《ちゃ》色の小袖《こそで》はごく控えめな印象だが、衣は決して粗末な織物の類《たぐい》ではない。その袖口《そでぐち》から覗《のぞ》く指は、白い。齢《よわい》を随分《ずいぶん》重ねているとわかる指先だったが、それでも、山育ちの若い娘などと比べても随分と白い肌だ。

女はきっと、武家《ぶけ》の出の尼僧《にそう》。その想像へ至ることは実にたやすい。

「吉野《よしの》へ来なすったのは、亡くなられた夫君《ふくん》の供養《くよう》ですかな？　それとも、戦《いくさ》に出ている子息《しそく》殿のご無事を祈るために？」

「いいえ。どちらも……違います」

では、と小さく会釈《えしやく》して、女は渡し場から離れていく。

脚絆《きやはん》を巻いたその足は一歩、一歩、確実に聖域へと進んでいく。

小袖《こそで》の懐《ふところ》には、小さな守り袋に入れられた翡翠《ひすい》の珠《たま》。歩く度《たび》にそれらは軽くこすれあって、小さな小さな音を生む。元々その翡翠は数珠《じゆず》だったのだが、糸が切れたのをそのままにしている。繋《つな》げて元の数珠にすることも出来たが、女は敢《あ》えてそれをやらなかった。

山は淡い朝霧に包まれ、ほのかに白い。

決して穏やかとはいえない道の先を見つめて、女は、ぽつりと呟《つぶや》く。

「『峰《みね》の』……」

吉野山《よしのやま》
　峰の白雪《しらゆき》踏み分けて
　　入《い》りにし人のあとぞ恋しき

それは、古人が詠《よ》んだ歌。

この吉野山から鎌倉《かまくら》へと連れて行かれた舞姫が別れた恋人を想って詠《よ》んだという、歌。

何度も呟《つぶや》く間に、足が止まった。

女は懐《ふところ》から守り袋を取り出して、一度、それを強く握りしめた。

愛《いと》しいひとを温めるように、痛みを堪《こら》えるように。

言葉もなく——言葉をなくしながら、翡翠《ひすい》の珠《たま》を強く抱きしめた。

☆

朝霧は、秋の訪れのしるし。

そのしずくに頬《ほお》を二度ほど濡らされてから、景虎《かげとら》はようやく目を覚ました。

「あ。オハヨー」

テンは口にくわえていた櫛《くし》を取って、ごく普通に『朝の挨拶《あいさつ》』をする。

「……………………お早う御座居ます」

ごく普通に話しかけられたのでは、生真面目《きまじめ》な性格上、同じように返すしかない。そうして
そのあと、彼はぱちぱちとせわしく瞬きをした。

何とはなしに地面へ手をつくと、指先が特製の笄《こうがい》とぶつかった。驚いて下を向くと、結《ゆ》っていない髪が肩口へさらりと落ちてくる。景虎は左手を首筋に添え、何事か考え込むように眉《まゆ》

根《ね》を寄せたが、やがて静かに顔をあげた。

霧も流れて消えて、露をまとった枝葉が金色の朝日を宿して輝く。

そんな楠《くすのき》の大樹の傍では、朝餉《あさげ》の準備が着々と進められていた。

煮炊き用の小鍋《こなべ》と汁物《しるもの》を注ぐ椀《わん》は、笠《かさ》の内側に括《くく》りつけて持ち運びしていたもの。平らな地面に野ウサギほどの大きさの石を丸く並べて薪《まき》を置き、火打ち石にて着火。杓《しゃく》と箸《はし》は適当な枝を適当に削れば、適当に完成。袖《そで》をたすき紐《ひも》で縛《しば》り、黙々と飯盒炊飯《はんごうすいはん》に勤《いそ》しむカイは、実に慣れた手際で即席汁物を作っていく。

「――できたぞ。いま、物を食える腹か？」

「………はい。いただきます」

答えると景虎は居住まいを正し、胸の前で手を合わせて、深々と一礼した。椀を渡したカイはつい目をまるくしつつも、同じように礼を返す。そうして、作った粥《かゆ》ではなく頭陀袋《ずだぶくろ》の中に入れていたものを口にする。

奥駈《おくが》けに備えて潔斎《けっさい》中のカイとテンの朝餉は大豆《だいず》と水、塩、それと特製兵糧丸《ひょうろうがん》。

兵糧丸とはその名称《なまえ》のとおり、戦《いくさ》へ出陣する兵の携帯食の一種。

材料は、大豆や餅米《もちごめ》、麦、そば粉《こ》、麻の実などの穀類《こくるい》の他、人参《にんじん》や梅干しやウナギ、カツオ節《ぶし》、氷砂糖などなど。

まずはそれらをすべて粉末にして、酒、或《あ》いは水、鶏卵《けいらん》などで練る。次にこれを桃の実ほどの大きさに丸めて、蒸《む》したり、そのまま乾燥させたりすれば「ハイ出来上がり」。忙しい戦場でもコレを日に二、三個も食べていれば空腹感に悩まされることはなく、パワー不足の心配もない。乾燥タイプであれば、鍋物《なべもの》のタネにも活用できる。万能食といえる兵糧丸《ひょうろうがん》だが、各地各家各部隊によってレシピは違う。カイが食べているものは、北伊勢《きたいせ》に暮らす僧侶《そうりょ》・雲恵《うんけい》の直《じき》伝《でん》。そば粉《こ》と麻の実に梅肉《ばいにく》をたっぷり加えて、古酒《こしゅ》で練って乾燥させた一品だ。

景虎が馳走《ちそう》になっている即席汁物《しるもの》は、その兵糧丸に吉野山の新鮮な湧き水と粗塩《あらじお》少々を加えて軽く煮たもの。

——以上で、戦国クッキング教室『兵糧丸』の巻《まき》、終了《おわり》。

「……ああ、そうだ。実は、私が作った梅干しもあるのですが。如何《いかが》でしょうか」

「わーい、食べる♪」

「……もらう」

「どうぞ。……あ、そちらの方々もどうぞ」

「いーただきまーす」

「まーす」

真白の装束《しょうぞく》の青年山伏《やまぶし》と、美少年山伏と、有髪童顔僧《うはつどうがんそう》と、狩衣《かりぎぬ》姿の童《わらべ》ふたり。

呑気《のんき》で平和な朝餉《あさげ》の風景、その現場。

しかし。

「カイ」

空《から》の椀《わん》と箸《はし》を膝《ひざ》の傍《かたわ》らへ置いて一礼を済ますと、景虎は僧衣の者を真っ直ぐに見た。

「質問があります」

「……なんの質問だ？」

竹筒の栓《せん》を抜きながら、先を促す。視線は軽く逸《そ》らす。

「カイと、そしてテン殿へも。景虎から是非《ぜひ》に訊《たず》ねたきことがございます」

「ワタシへも？」

「はい。御二人とも、答えていただけますでしょうか」

「だから、なんだ？」

返す。

促す。

景虎は一度、すうっと深く息を吸う。

そうして。

「そこにおられる童たちは、御二人の御子《おこ》でありますか？」

ぶほッ
カイは飲みかけの水を思いきり逆流させた。

その隣にいたテンは、一瞬だけ目を見張る。

直後。

「……あはははははははは！　そっかー、ソーだ、なるほどね！　あはははは!!」

「？」

爆笑されてしまう理由がわからず、景虎は軽く首をひねった。が、さしもの摩多羅《またら》といえどなかなか笑いやまない。妙なところへ水を吸い込んでしまったカイは咳《せき》が止まらない。二童子は、主《あるじ》の命令なくして勝手に発言することは控えている。

「はー、あー………おかしかった。それでね、平《へい》ちゃん」

「はい」

姿勢正しく「答え」を待っていた青年は、真面目《まじめ》な眼をジッと向ける。それを受けとめながらテンは淡く笑った。

神の唇が、愉《たの》しげに歪《ゆが》む。

小舟の形をしたそこから声がこぼれかけた、とき。

「――――マナとアラヤは摩多羅神《しん》の眷属《けんぞく》である二童子だ!!」

薄く開いた口を右手で塞《ふさ》ぎ、カイが真っ赤な顔で一気に「答え」た。視界に突然現れたその必死な姿に、景虎は少しの間《ま》を挟《はさ》んでから「はあ」と小さく頷《うなず》いた。それからまたしばらく真顔で黙り込み、

「……察しますところ、テン殿は、台密《たいみつ》（天台《てんだい》密教）に登場する障碍《しょうげ》の神、或いは秘仏《ひぶつ》の類《たぐい》に

属する『摩多羅神』であられたのですね？」

「アタリ。相変わらず平ちゃんは頭の回転が速いねェ」

口を塞ぐ手を軽くひねり上げつつ、テンはにっこりと笑って答えた。

「で。平ちゃんの質問って、それ？」

「はい」

「もう他には無いの？」

「はい。……それが、なにか？」

景虎は至極《しごく》簡単に頷く。姿勢は、膝《ひざ》の上に両手を置いて行儀《ぎょうぎ》よく正座をしたまま。

カイは右手をひねられたままで、絶句する。

他に、質問は、ない。

「…………どぉいうことだ!?」

「？」

急にあがった大声に、景虎は何度か素早く瞬きをする。眉《まゆ》や頬《ほお》、口許《くちもと》はまったく動かない。声もない。けれど、彼は驚いている。それがわかっているからこそ、カイはテンの手を振り切ってズイと膝を詰めた。

「……あの。私は、なにか奇怪《おか》しきことを申しましたでしょうか」

「なにも申してないから奇怪しいんだよ！」

舌打ちする勢いで息を継いで、声音《こわね》を低く落とす。

「平三《へいぞう》。おまえ、いま何歳《いくつ》だ」

「はい。今年で二十七となりました」

「俺たちと前に会ったのは、お前が、十八のときだった」

「はい。よく覚えております」

「だったら、なんで『変』だと思わない――――、いや、変だ奇妙だと言わねぇんだ」

そこまで言って、また、息を継ぐ。

「『姫神』のテンはともかくとして、俺は、以前《まえ》とまったく姿が変わってねぇんだぞ？……奇怪《おか》しいと、妖怪《ばけもの》みたいだと思うだろ、普通なら！」

九年。

その数字をはっきりと知って、越後国栃尾《えちごのくにとちお》での別れからもうそんなに経っていたのかと、カイは改めて戸惑う。

摩多羅のまじないによって不老の身になって以来、歳月に対する感覚は常のそれから完全にズレた。ズレきっているのだということを、いま、いっそう感じた。

北伊勢の雲恵とはそれなりによく会い、こちらの事情もそれなりに話している。だが景虎は違う。こちらの素性《すじよう》をほとんど明かすことなく別れを告げて、そうして九年だ。

人の身にとって、九年は長い。

背丈ばかりが伸びていた少年が一廉《ひとかど》の青年国主《こくしゅ》へと成長するのだから、長くあるはずだ。

カイは眉根《まゆね》をきつく寄せて、目を閉じる。

景虎から、返る言葉はない。

「……………」

急に、声を荒らげて悪かった。

引き結んでいた口をほどき、カイがそう謝《あやま》ろうとした、とき。

「嬉《うれ》しいのですが」

「――――――は？」

思わず、目を開ける。

景虎はまっすぐ顔をあげて、正面にいる者をまっすぐ見据《みす》えていた。

「奇怪しい、と、思うより何より、私は『嬉しい』と感じていました。ですが、そのことが何かカイの不興《ふきよう》を買ってしまったのでしょう、か？」

戸惑いがちで、途切れがちな声。だけどなんの偽《いつわ》りもない響き。

カイは何かを言おうとした。が、何もできない。

（………『嬉しい』？）

なぜ？

何故《なぜ》。

どうしてか、カイはその言葉を素直に受け取ることができない。

それは別に、景虎がテンへ求婚した者だから、ということではなく。

（……国許《くにもと》で）

越後で何があったというのか。どうして本当に出奔《しゅっぽん》してきてしまったのか。景虎は尋常《じんじょう》ではない程に知識欲旺盛《おうせい》で信仰心の篤《あつ》い者だが、自分一人のワガママを無理に通すような者ではない。横着《おうちゃく》で無責任な性格だったのなら、家督《かとく》を継いで国主《こくしゅ》になることもなかった。

なのに、何故。

カイはそれが知りたい。だが、どう訊《き》けばいいのか分からない。詮索《せんさく》など不得手《ふえて》だ。

それでも。

「……あ」

とにかく、何か言葉をつなごうとした。

その矢先に、白魚《しらうお》の指先で口を塞《ふさ》がれる。

「あのさ、平ちゃん」

墨染《すみぞ》めの肩へ抱きつくような格好で、テンが前へ身を乗りだす。

「ねえ平ちゃん。こんなところで再会したのも奇縁のひとつだから、これから、ワタシたちと一緒に行く？」

「――――え？　よろしい、の、ですか？」

景虎は奥二重《おくぶたえ》の双眸《そうぼう》を大きく見開く。

「うん。大峰《おおみね》入りして熊野《くまの》へ詣《もう》でたあとでいいのなら、高野山《こうやさん》へも付き合ってあげる。んで、平ちゃんが得度《とくど》するところを、国許の家臣のヒトたちに代わってしっかり見届けてあげる」

「まことですか？　……有り難きお言葉にございます」

「ちょ……ッと、待て!!」

カイは口を塞ぐ蓋を引き剝《は》がし、片膝立《かたひざだ》ちになって両者を見比べた。

「おまえら、か――――」

勝手に話を進めるな、と。言いかけた瞬間、右手が奇妙に軋《きし》んだ。それは、蓋になっていた指を摑《つか》んでいるほうの手。テンは彼の手を逆に捕まえてひねり上げていた。

その痛みで、奇妙に頭が冷める。

「……わかった」

呟《つぶや》いて、カイは右手を振り切る。

「だったら、テンは平三と一緒に吉野から高野山に行け。熊野へは、俺ひとりで行く」

「はァ？　――――なにソレ」

テンは瞼《まぶた》の半分を落として、有髪僧《うはっそう》を睨《にら》む。

だが、その眼差《まなざ》しよりも更に鋭い声が響く。

「なりませぬ！」

「!?」

カイは、景虎から左手を勢いよく摑《つか》まれた。

「それはなりませぬ、カイ。お二人が別々に旅をするなど、おかしいではありませぬか」

「は？……いや、今更しばらく別行動をしたからって、一生別れるわけじゃねぇだろ。だからそんな」

「いいえ。私はお二人の旅を邪魔《じゃま》するために現れたのではありませぬし、そうなりたくもありませぬ。……ときに、カイは高野へ詣《もう》でることのできぬ特別な事情でもあるのですか」

「事情、なんてモノは別にねぇよ。……熊野詣では単に、俺ひとりが行きたくて言い出したというだけだ」

「では私も熊野へと参ります」

「なんだって!?」

カイはほぼ反射的に叫んで、咄嗟《とっさ》に左腕を引く。景虎の指は簡単に離れた。右手は、まだ捕まったまま。だけどその指先からテンの「反応」が伝わってくる。

テン――――摩多羅は、ひたすらに無反応だった。驚きも動揺も何もない。

「紀伊《きい》の熊野についての伝承は、私も昔より学んで参りました。弘法大師《こうぼうだいし》の如く、永きに渡りその名声を残す聖《ひじり》となることも憧《あこが》れですが……熊野詣での先達《せんだつ》を務める一介《いっかい》の僧となり、聖地の御名《みな》に殉《じゅん》ずることもまた、誠《まこと》に尊《たっと》くあります」

「今度は、先達になる気か」

「それもひとつの道であるかと」

「…………おまえ、なぁ！」

カイは大概《たいがい》にして堪忍袋《かんにんぶくろ》の緒《お》が切れた。左手で景虎の胸ぐらを鷲摑《わしづか》む。

「お前、一体なに考えてんだ!?　なんだってそんなに世俗《せぞく》を捨てたがる！」

「――――――」

真剣に憤《いきどお》った眼に挑《いど》まれ、景虎の表情が一瞬だけ揺れる。

「だけどさ」

繋《つな》いでいた指先をほどいて、テンは景虎へ手を伸ばす。

強張《こわば》った頰《ほお》に柔らかく触れた。

瞬きひとつほどの間《ま》のあと、その頰はサッと朱色に染まる。

「だけど、平ちゃんはやっぱり『名を残す』ほうが似合ってると思うよ。昨日、滝壺《たきつぼ》に飛び込んだりしたのもアレだよね？『真魚《まお》の捨身誓願《しゃしんせいがん》』を自分でも試してみたかったんでショ」

「……………は、はい」

ややあってから、景虎は頷《うなず》く。その声がこぼれると同時に頰から朱の色が消えていく。カイはそれを少し不思議に思いつつ、どこかで聞いたことのある言葉を脳裏《のうり》で何度も繰り返す。

真魚の捨身誓願。

（…………あ）

思い出した。

真魚、というのは、高野山を真言密教《しんごんみっきょう》の聖地と定めた古《いにしえ》の高僧・弘法大師の幼名《ようみょう》だ。

大師は六、七歳の頃、自分は釈迦如来《しゃかにょらい》より望まれた存在であるのか否《いな》かを問わんと、岳《たけ》から飛び降りた。するとその身は、何処《いずこ》よりか現れた天人《てんにん》に受けとめられた。――それが『捨身誓願《しゃしんせいがん》』のエピソード。この不思議な体験などから、幼い大師は周りより「貴物《とうともの》」と呼ばれたという。

（でも、こいつは）

景虎は変貴人だ。

逸話《いつわ》を知って感嘆《かんたん》こそすれ、自分も飛び降りてみるなど、億に一人いるかいないかのエキセントリック貴人だ。いや、風変わりだからこそ貴種《きしゅ》の範疇《カテゴリ》なのか。考えれば考えるほど、カイは頭より胃のほうが痛んできた。

その額に、細腕が強く巻きつく。

「それじゃあ平ちゃんの場合、カイが『天人』で、ワタシがさしずめ『釈迦如来』ってところかな？」

「……ああ、そうですね。確かに、そうといえるかもしれません」

「いやー、照れるねー」

更に身を乗りだしたテンは明るく笑う。

声は、笑っていた。だけど長い睫毛《まつげ》に縁取《ふちど》られた星の双眸《そうぼう》は決して笑っていない。

そのときになって。

（————!?）

カイは、ふと気づいた。否《いな》、ようやく気がついた。それを見つけた。

驚いて目を見張るその表情を見て、景虎も急に顔色を変えた。

衣服を掴《つか》むカイの手の力が緩《ゆる》んでいる隙《すき》に、彼は素早く後ろへ身を引く。

だが、テンが一番速い。

身を引くよりも先に、白魚《しらうお》の指先が彼の顎《あご》を捕らえた。

「じゃあ、さ。ワタシからも、平三へ質問」

景虎は首を前へ突き出すように垂れ、腰は後ろへ引いた————まるで断首《だんしゅ》に遇《あ》う者のような姿勢。

輪郭《りんかく》や首筋を隠していた髪が、右肩へ流れ落ちる。露《あらわ》になった肌を見たカイが息を呑《の》んだ。

テンは低い声をより低くして、問う。

「ねえ。これは、一体なにごと？」

景虎の、左の首筋。そこには大きな傷痕《きずあと》があった。

耳の付け根ほどから斜め下へ走る赤いそれは、明らかに刀傷《かたなきず》。

「…………」

視線を膝元《ひざもと》へ落としたまま、景虎は何も答えない。

だからテンとカイはもう問い詰めなかった。

もし無理に聞けば、傷痕《きずあと》から今にも鮮やかな色が滴《したた》り落ちる。そこから彼が壊れる。

そんな危うさがあらゆる言葉を潰《つぶ》した。

☆

近頃は、セミの声もまったく聞こえなくなった。

朝夕の風が深緑の枝葉をさらさら涼しく揺らしていくばかり。

越後国府中《ふちゅう》の春日山城《かすがやまじょう》は、天然の要害《ようがい》。

山ひとつが巨大な城であり、北に大海を見渡す。

その城から国主《こくしゅ》が消えて、既に一月《ひとつき》と十日ほど。

「光育和尚《こういくおしょう》。大概《たいがい》にしてお恨《うら》み申し上げます」

「左様か。しつこいの、大概にして」

春日山城内の林泉寺《りんせんじ》の一角に構えた小さな庵《いおり》で書をたしなむ天室光育《てんしつ》は、小指の爪でこめかみを掻《か》く。老僧のそのあっけらかんとした態度に、本庄実乃《ほんじょうさねより》は渋面《じゅうめん》をさらに渋く染めた。

国主の片腕を務める重臣が纏《まと》うのは栗皮色《くりかわいろ》の小袖《こそで》に、肩衣袴《かたぎぬばかま》。

その膝元には、出奔《しゅっぽん》した国主が残していった一通の書状。

「……『古人曰《いにしえびといわ》く、巧《こう》成り名を遂《と》げ身退く。我もこれに従いて国主を辞し、仏門《ぶつもん》をくぐりて修行、精進《しょうじん》を重ねたく』……」

一月と十日ほど前、穴を開ける——或いは勢い余って破り捨てそうになりながら読んだ内容の一節を、実乃が淡々と呟《つぶや》く。そしてその一部を、また繰り返す。

「『仏門をくぐりて』」

「ああ。この度《たび》は積年《せきねん》の野望を果たしなさったな。めでたい」

「めでたくはございません」

光育は書から目を離さないくせに、楽しげに賛辞を贈る。その座から一間《けん》（約一・八メートル）ほど離れた広縁《ひろえん》に腰を据《す》えた実乃の表情は険しくなっていく一方だ。

軒先《のきさき》にはいま、落陽の光。草も木も生い茂れるがままの庭は茜《あかね》色に染まる。

涼しさと侘《わび》しさを伴って訪れる秋の気配より更に先のを思わせる雰囲気《ふんいき》を察したか、否か。

「……御実城《おみじょうさま》様が目指しているのはいずれ何処《いずこ》の仏門か。それは実乃、そのほうたちも既に心当たりがあるのではないか？」

「はい。おそらくは、三年前の上洛《じょうらく》のおりに寄った比叡山《ひえいざん》か、高野山、そのどちらかへ向かわれたものと皆で推察しております」

「ふむ。では何故《なにゆえ》また実乃は儂《わし》が元へわざわざ訪れた？　八つ当たりか」

「違います」

実乃は焦れたように膝《ひざ》を軽く進めて、

「和尚《おしょう》は軒猿《のきざる》を放ち、御《お》実城《みじょう》様《さま》の行き先を逐一《ちくいち》見張っておられるのでしょう？」

「ふン？　見張っておるのならナンだと申す？」

「……御実城様へこの府内《ふない》・春日山へお戻りになられるよう、説得するなり無理にでもお連れするなり、和尚は軒猿どもへ命じることができる。だのに何故それをなさらぬのですか」

「何故、と言われてものォ。酒の席で『もう出奔《しゅっぽん》します』『府内へ戻れ、あるいは還俗《げんぞく》しろ、などとは今後仰《おっしゃ》らないでください』と懇々《こんこん》と頼まれたのでは、一介《いっかい》の僧として、叶《かな》えずにはおられまい？」

「…………国中の者としては、叶えないでいただきたかったのですがね」

膝の上に置いた拳《こぶし》は、表面に血管が浮き出ている。実乃がどれだけ怒りを堪《こら》えているのか、一目瞭然《いちもくりょうぜん》だ。けれどそれを知った上で光育は呵々《からから》と声をあげて笑った。

「拙僧《せっそう》を恨《うら》むのは構わぬが、実乃、そのほうは栃《とち》尾城《おじょう》の主《あるじ》であろう？　ここのところ、そなたや与板城《よいたじょう》の与兵衛尉《よひょうえのじょう》実綱《さねつな》、揚北衆《あがきたしゅう》の面々までもがこぞってこの実城に集まり、コソコソ話し合《お》うているな。さて、何事か起こったか」

「起《お》こるもなにも。……御実城様が出奔などを決意され、しかもそれを助長させる御老公《ごろうこう》までもがおられるから、領内がどうにも落ち着かぬのです」

「落ち着かぬ、とは？」

「………公銭《こうせん》（勘定《かんじょう》）方《かた》の者が、甲斐国《かいのくに》の武田《たけだ》家へとひそかに通じているのです」

「ほお？」

光育は書を閉じて、顔を上げる。藍染《あいぞ》めかと思うほどに色が落ちた僧衣の膝をゆっくりと擦《す》って、初めて実乃と向き合う。その途端、実乃は眉《まゆ》をひそめて軽く視線を逸《そ》らした。光育の目はますます鋭く光る。

差し込む茜色《あかね》の光を浴びた僧衣は、紫衣《しえ》の如く色が映《は》えた。

「公銭方といえば、頸城《くびき》・箕冠《みかぶり》城の大熊朝秀《おおくまともひで》か。あのほうは元々守護上杉《しゅごうえすぎ》家の家来で、守護代《だい》長尾《ながお》家に仕えてきた実乃や与板の実綱とは『なさぬ仲』であったな。で、その大熊が敵《かたき》の家と通じたか」

「……ややもすれば、兵を挙げてこの春日山に背《そむ》くことは間違いないと、皆でみております」

「兵を挙げるよう、長尾派が大熊のケツを煽《あお》るのであろう？　そうして出てきたところを景気よくつるし上げる……と、そのような算段と見受けるが」

「和尚。もう少し言葉を選んではいただけませぬか」

「ではそのほうは話す相手を選べ」

紐綴《ひもと》じの書の角《かど》で首を掻《か》き、光育は大きく欠伸《あくび》をした。

「――領内における派閥《はばつ》争いの構図なぞ、上忍《じょうにん》たる儂《わし》には筒抜《つつぬ》け。にもかかわらず下手《へた》に言葉で誤魔化《ごまか》そうとするならば、そちらのほうが滑稽《こっけい》ぞ」

「………………」

実乃は、顎《あご》が軋《きし》むほどに奥歯を嚙《か》む。膝《ひざ》の上に置いた拳《こぶし》の形がさらに厳しくなった。

光育が相手では、長尾家の重臣として仕えてきた自尊心も実績も意味を持たない。いっそ捨てなくてはいけない。

だがそれこそが『禅《ぜん》』の世界への第一歩。

それを、実乃は知らない。

「のぉ、実乃。そなたも主君に倣《なら》って仏門《ぶつもん》へ入ってみてはどうだ。さすれば堪《こら》え性《しょう》も多少は身に着こうぞ」

「遠慮《えんりょ》申し上げます」

「そうか？　残念だの。禅の心、すなわち『無』の境地を知れば、御実城様《おみじょうさま》の苦悩も少しは察することもできようにな」

「………どのような謎《なぞ》かけですか、それは」

「『無』は『無』よ。縁からも謎からも切り離された心地《ここち》のことぞ」

「ですから、それは」

苛立《いらだ》ちまじりに実乃が口を開く。

光育は、それを遮《さえぎ》って淡々と告げた。

「上杉の家臣、長尾の家臣といった派閥《はばつ》も、大熊の離反《りはん》も、御実城《おみじょう》……平三殿の出奔《しゅっぽん》も。それらの事物はすべて、数珠《じゅず》のように繋《つな》がっている。が、珠《たま》を繋ぐ糸なぞ最初からない。珠と珠が、たまたま隣り合って並んでいただけぞ」

「……？」

「簡単に申せば、平三殿が出奔なさったのは、国中の勢力の不安定さが直接の原因ではない、ということぞ」

「では――――何が『原因』であったと和尚《おしょう》は仰《おっしゃ》るのですか」

「さあな」

短くキッパリと答えて、光育は手にしていた書を文机《ふづくえ》の上に置いた。

その表紙に記された題字は『義経記《ぎけいき》』。

「出奔の謎《なぞ》を知りたくば、それは平三殿へ訊《き》け。拙僧《せっそう》から申し上げるようなことではない」

「…………御実城様が元へは、ちかく、いずれかの者が帰城の説得へ参ります」

「ほお。それは一門衆の政景《まさかげ》殿あたりかの。政景殿は平三殿の姉君の夫君《ふくん》、つまり義兄《ぎけい》でもあられるからな」

「……我等も、それが最善かと話しておるところです」

抑えようのないため息を隠すように実乃は俯《うつむ》き、肩をいからせた。

茜《あかね》の陽光《ひかり》は春日山の西、大海の彼方《かなた》へと暮れていく。

「ときに、実乃」

「何でありましょう」

「栖吉《すよし》から、あの御方が御実城様の後を追って出られたぞ」

「は？」

実乃は一重《ひとえ》の瞼《まぶた》を大きく見開き、顔を上げた。唇が何度か空回りをする。この場に適した言葉と名称《なまえ》を選ぼうと、理性が必死に働く。けれど結局は膝《ひざ》を詰め、声を低くひそめて訊《たず》ねた。

「栖吉の御方、といえば……虎御前《とらごぜん》様であられますか？」

「その御名《みな》の方の他に、一体どなたがおられる？」

光育は袖《そで》の中で腕を組み、静かに瞼を伏せた。

☆

夕暮れのあとに現れた半月が、天空を歩く。とぼとぼ、てくてく

ひたひた光をこぼしながら、月は西の山の向こうへと消えてい

それからしばらくして東から太陽が現れて、たちこめた霧が

秋の夜長、という言葉があるにも拘《かか》わらず、一夜はあっさ

朝餉《あさげ》を済ませたカイと景虎は、朝露でしっとり濡れた山道を歩いてい
二人の先には、子鹿のような軽《かろ》やかさで進んでいくマナとアラヤ。

「本当に、よろしかったのですか？」

「？　なにがだ？」

「……その、いろいろとです」

カイにあっさりと返され、景虎は思案気味に視線を少し横に逸《そ》らす。けれどすぐにまっすぐ顔をあげて「お気遣い、本当にありがとうございます」とだけ言った。

（気遣い、なぁ……）

枝葉の先からしたたる露《つゆ》を避《よ》けるために被《かぶ》った笠《かさ》の下、カイはこめかみを親指で掻《か》く。手元では錫杖《しゃくじょう》の鐶《わ》がシャラ、シャリンと繰り返し鳴いていた。

昨日の、朝餉《あさげ》のあと。

景虎へは、もう何も問いただされなかった。

それよりも疲労が甚《はなは》だ溜《た》まっているようだったので、煎《せん》じ薬《ぐすり》を飲ませて寝かせた。

薬は、摩多羅が調合したものであったためか否《いな》か。戦国を生きる名家の者として、或いは知的探究心に基づいて毒薬等に対する免疫《めんえき》を身につけている景虎でも、朝まで一度も目を覚まさなかった。

その間に、カイとテンは大峰入りをしばらく見送ることを決めた。

（……あの傷は）

景虎の首筋にある傷痕《きずあと》は、他人《ひと》から付けられたものではない。あれは、自分で刀構えて斬《き》らなければ付かない角度の傷だ。それを思えば、滝壺《たきつぼ》へ飛び込んだのは弘法大師の逸話《いつわ》を真似《まね》たのではなく、六道《ろくどう》のいずれかを目指したゆえか。

（今の平三は）

とてもではないが、険しき聖域へ踏み込める状態ではない。無理に進めば、きっと何処《どこ》かでまた何かをする。無心になれない己《おのれ》を悔やんで、腹に刃《やいば》を突きたてかねない。

だから、今は熊野へも高野山へも行かない。

「この一帯はまさしく、九郎判官《くろうほうがん》逃走の舞台ですね」

「は？　……あ、ああ、まあな」

「西国《さいごく》落ちに失敗した判官一行が、静御前《しずかごぜん》を伴ってこの吉野山へと身を隠すも、様々な思惑《おもわく》と様々な葛藤《かっとう》がめぐり」

「あーあーあー、わかったわかった！」

ある種の危険を察知して、カイは思わずストップをかけた。景虎は「？」と目をまるくする。が、気を悪くした様子は微塵《みじん》もない。それどころか、急な山道を行く足どりはいっそう軽やかになっていた。

そう。

吉野山といえば、様々な史跡の残る聖地。

いま景虎の心を浮き立たせているのは、源《みなもとのくろうよしつね》九郎義経に関するエピソードだ。

それは、今から三百七十年ほど前のこと。

東西の武士《もののふ》と貴族、帝《みかど》、院（上皇《じょうこう》）を巻き込んで繰り広げられた源平《げんぺい》合戦。

混沌《こんとん》としたその争いを制したのは、源氏《げんじ》一党。……詳しくいえば、源頼朝《よりとも》を旗頭《はたがしら》とする東《とう》国《ごく》の武士団だった。

けれど合戦が行われたのは、主に西。

西の戦場でその功をことごとく独占したといえる者が、頼朝の末弟《まってい》・九郎義経。『鵯越《ひよどりごえ》の逆落《さかお》とし』で有名な一ノ谷合戦《いちのたにのかっせん》で勝ったとき、彼は朝廷より検非違使《けびいし》五位《ごいのじょう》尉の官位を授かった。カミ・スケ・ジョウ・サカンの四等官《しとうかん》において、ジョウの通称は判官《ほうがん》。義経がときに「九郎判官」と呼ばれるのは、このことに由来する。

そして頼朝と義経の兄弟仲が悪くなった理由もまた、このあたりにあった。

源氏一党、東国武士の総大将である頼朝。その彼の思惑《おもわく》などをまるで無視して官位を授かり、戦功を独り占めした義経。

二人の不仲については様々な経緯《いきさつ》が、あるにはある。

が、ともかく義経と、義経に仕える者たちは、頼朝配下の者から逐《お》われる身となった。

非情なる時代の荒波の間《ま》に間《ま》にさすらうその足は、やがて神仙《しんせん》の棲《す》まう聖地・吉野へたどり着く。けれどそこも主従《しゅじゅう》一行の安息《あんそく》の地とはならず、義経が心慰みにと連れ歩いていた美しき白拍子《しらびょうし》・静御前は、ここで皆と袂《たもと》を分かった。

それが、三百七十年ほど前に展開された歴史。

だけど人の口で伝えられたものや誰かの文字で記されてきた歴史と、本当の真実《ほんとう》に起こった出来事にはズレがある。現し世《うつよ》といえども、それは同じ。人が変われば視点も変わり、ほんの少し歳月が流れるだけで白が黒へ転じたりする。

ときには、自分の真実《ほんとう》でさえ自分ひとりでは見極められない。

歴史など、口伝《くでん》など、ウワサなど、とても曖昧《あいまい》なもの。

だけどそれはときに潤滑油《じゅんかつゆ》。創造と想像の苗床《なえどこ》。

ゆえに、九郎判官没《ぼっ》から二百年も過ぎた頃に『義経記』という軍記物が生まれた。

鎌倉政権誕生にまつわる合戦や権謀術数《けんぼうじゅっすう》に詳しいのは『吾妻鏡《あづまかがみ》』という歴史書だが、『義経記』はコミカルな冒険物語《アドベンチャーストーリー》としてお手軽に読める。

察するところ、景虎はその両方をじっくり読んでいる。

以前、兵法《ひょうほう》については義経流と呼ばれるものを参考にしていると言っていた。

となれば、義経フリークだといっても過言ではない。

証拠に、足どりだけではなく、常ならばクール一辺倒な印象の頬《ほお》がそこはかとなく緩《ゆる》みっぱなしだ。吉野修験《しゅげん》の入り口として名高い蔵王堂《ざおうどう》を通り過ぎ、更に山の奥へと進んでいくにつれて、彼の双眸《そうぼう》には夜でも空でもないのにキラキラと星が宿りはじめていた。

それを肩越しにチラと見て、カイは胸中で深々とため息をつく。

(元気になってくれるのは、ま、一向に構わねえんだが……)

名所旧跡めぐりをしたところで、根本的な問題は解決しない。

――――いや。

そもそも問題が何であるのかを、まだ知らない。何も訊《き》いていないし、聞いてもいない。

「ところで。……しつこいようですが、テン殿をお一人にして本当によかったのですか？」

「あ？　いや、あいつはこういうことが嫌いだから、いいんだ」

「そうなのですか？」

こんなにも楽しいのに、と言いたげに景虎は軽く目を見張った。髻結《たぶさゆ》いにした黒髪がさら、と肩の後ろで揺れる。それからふと何かを考え込むように、視線を横へ逸《そ》らした。

「……そういえば、確かにテン殿は『九郎判官《ほうがん》義経』はお嫌いな様子でした。カイ、その理由などは知らぬのですか？」

「理由？　いや、特には」

「知らぬのですか」

「…………いや」

全く知らない、とは言い切れない。カイはつい歯切れの悪い返事をしてしまう。

「？　なにかご存じなのですか」

景虎は不思議そうに墨染《すみぞ》めの衣《ころも》の背を見つめた。

何の悪意もなく真っ直ぐ注がれる、視線。

カイは、息を深く吸って肚《はら》を据《す》えた。

「平三」

「はい、何でしょうか」

「テンは、九郎判官義経と知り合いだ」

「……………はい？」

すこぶる真面目《まじめ》な声で訊き返された。それを耳にすると、自分が素《す》っ頓狂《とんきょう》な発言をしてしまったかのように感じる。

けれど、これは真実《ほんとう》のこと。

「テンは、な。あいつは昔、源頼朝へ神剣を授けて鎌倉幕府樹立を陰から支えた『摩多羅神』だ。義経と知り合いだっていうのは、その縁によるもの、ということだ」

「……………………はい」

少々長い沈黙の後、少し収まりの悪い頷《うなず》きが返った。説明を頭で理解はしても、感情《こころ》がきっとついてこないのだろう。その状態は、かつて自分も何度となく経験したもの。カイは背を向けたまま、うんうんとつい納得した。

けれど一方で、胸の奥が苦い。

これは自分から景虎へ話しても良かったことなのかと、今更ながらに迷う。

これを自分と摩多羅の間で知るだけにしておかなかったことへ、今更ながらに悔いる。

そのことを考えて、カイは俯《うつむ》いて唇を噛《か》む。

聖地へ踏み込めないのは景虎だけではなく、こんな状態の自分もまた同じだ。

(――――駄目だ)

「……カイ？」

「あ？」

名前を呼ばれて、我に返る。と、足がすっかり止まっていることに気づいた。

緩《ゆる》やかにうねる道の端には、葉桜《はざくら》の大樹。

「なにやら思案中のところに申し訳ないのですが。少々お訊《たず》ねして宜《よろ》しいでしょうか」

「あ、ああ。なんだよ」

「いま伺《うかが》った話を考えてみるに、テン殿は御歳《おんとし》三百をとっくに越えておられるのですか？」

「さ……ッ」

数字の部分をつい繰り返しかけたが、カイは表情を凍りつかせて声を呑《の》み込む。それと同時に錫杖《しゃくじょう》を両手で持って身構えた。

「どうかなさいましたか？」

「…………いや。あいつは、年齢《とし》の話をするとオニアクマのようにお…………」

おっかねぇからな、と続けかけて、慌《あわ》てて口を噤《つぐ》む。だが、別に何も起こらない。緑のうねりは静まり返ったまま、風さえも動かない。

「……大丈夫ですか、カイ」

「いや、ダイジョウブかって、お前」

景虎から気を遣《つか》われてしまい、カイは侘《わび》しい心地《ここち》すら覚えた。以前、未確認飛行物体が額へ直撃したときなどは首から上が痛くなったが、今は胸がイタイ。

「……ともかく。平三、訊《き》きたいことってのはそれだけか？」

「それだけ、というか……先ず、その疑問の回答をまだ聞いていません」

「いや、聞くな。命が惜しいなら、一生疑問に思ってろ」

「は？　いえ」

「『別に命など惜しくない』なんて言葉は受け付けねぇぞ」

「……わかりました」

瞼《まぶた》を半分閉じて、景虎は頷《うなず》く。

「では、別のことをお訊ねします」

「あぁ」

「テン殿は、九郎判官や頼朝公が存命《ぞんめい》の頃、いったい『男神《おがみ》』と『女神《めがみ》』のどちらであられたのでしょう」

「…………は？」

一瞬、カイは頭の中が真っ白になる。それぐらいに予想外の質問だった。

「カイ、そのことについては何も聞いておらぬのですか？」

「聞いておらぬ、というより……、いや、聞いてねぇんだが」

「そうですか」

わかりました、と頷《うなず》く横顔は、どこか心惜しげ。

カイはますます訳が分からず、眉根《まゆね》をぐっと寄せた。

(あいつが昔、オトコだったかオンナだったかなんざ)

そんなことは、一度だって話題にのぼらなかった。否《いな》、話題にしなかったというより話す必要がなかった。

奇怪な出会いから先、カイにとってテンは常に「姫神《ひめがみ》」だった。

たとえ体が男性へ変じることがあっても、基本は女の神《めかみ》。

どんな齢《よわい》にも変じることができるとはいえ、おおよそは女童《めのわらわ》の姿。なぜ幼子なのかと以前訊《たず》ねたら「童《こども》の格好しているほうがまだ目立たずに済むから」と答えられた。

いま少年の姿へ変じているのは、女人《にょにん》禁制の大峰入りに備えてのこと。カイの趣味に因《よ》ることでも、カイへ嫌がらせをするためでもない。

だが、ふと、思う。

「……………………そぉいや、どっちなのか、ハッキリ確かめたことはねぇ、な」

「なにをですか」

「なにをって、あいつの本当の性別だ。………ッて！」

同行人がいることをすっかり忘れていたカイは、勢いよく景虎へ振り返った。傍《かたわ》らに立っていた彼は「？」と僅《わず》かに睫毛《まつげ》を揺らす。それでもその表情は冷静。

否。

景虎は、冷静すぎた。或いは聡《さと》すぎた。

「カイ。不躾《ぶしつけ》を承知で、お訊ねします」

「……さっきからソレばかりだな。で、今度は何だ」

「今の言葉から察するに――カイとテン殿は、まだ夫婦の契《ちぎ》りを結んではおらぬのですね」

「ち………ッ」

一瞬、カイは耳まで真っ赤に染めた。

けれどそれは一瞬だけ。赤く染まった肌はすぐに冷える。

「お前には、関係ないことだろ」

錫杖《しゃくじょう》の柄《え》の先を地面に突き刺し、低く唸《うな》るように答えた。

「いいえ」

景虎の眼差《まなざ》しがスッと細くなる。

「関係なくは、ありませぬ」

「…………」

では何故《なぜ》、と返しかけたが、カイは唇を真一文字《まいちもんじ》に引き結んで黙る。

その口許《くちもと》から喉《のど》、胸へ、じわじわと苦さが広がる。胸から喉へは鈍《にぶ》い疼《うず》きが伝わる。

テンと婚約をしてから、既に長い年月が経っている。けれど正式な結婚、すなわち「夫婦の契《ちぎ》り」は、未だ交わしていない。不思議といえば不思議、奇妙だといえばこの上もなく奇妙な状態では、ある。

それは、カイも充分にわかっている。

だからこそ、第三者からとやかく言われる筋合いはない。

横恋慕《よこれんぼ》を狙う者からであれば尚更《なおさら》だ。

(これは、俺の問題だ)

強く、そう思う。自覚している。だが、戸惑う。

人として憎むべきところもない、むしろ知己《ちき》として親しく付き合えるだろう景虎に向かって、なぜ感情を荒立たなくてはいけないのか。どうして彼のように冷静ではいられないのか。

カイは、本気で戸惑う。

その心中を眼差しから感じ取ったのか。

「…………少し、言葉が過ぎました。失礼致しました」

「いや——謝《あやま》るな。頼むから」

俯《うつむ》き、笠《かさ》の陰に隠れながら、カイは苦々しい気分で呟《つぶや》いた。

……チー　チチチチ……

杉木立の向こうから、鳥のさえずりが響く。そびえる幹と枝の隙間《すきま》から差し込むのは黄金《こがね》の陽光《ひかり》。途絶えていた風もそよ、とさやぎはじめた。

葉陰が揺れるその向こうから、どこかの峰よりかの法螺《ほら》の声が微《かす》かに聞こえる。

神宿る森の景色に誘われるまま、景虎はゆっくりと顔を上げた。

そして気づく。

「…………あ」

『あ』？」

「いえ、……あ、はい。カイ、ひとつ申し上げてよろしいでしょうか」

「？　申し上げるって、なにが」

今度は「お訊《たず》ねします」ではないのか。そう思いながらカイは顔をあげる。

真顔の景虎は、ため息をつくようにそろそろと告げた。

「……摩多羅の二童子が見当たらぬのですが。いったい何処《どこ》へ行ったのでしょうか」

☆

水は、はじまり。

五行《ごぎょう》において『水気《すいき》』の示す季節は冬、つまりは『死』。

その冬の次に訪れる季節は、春。

春は『木気《もくき》』。冬に死んだいのちが芽吹く、『生』のとき。

けれど冬を越えて春を迎えるのだから、それは、正しくは「黄泉帰《よみがえ》り」。

おわりこそが、ほんとうのはじまり。

水は、いのちのはじまり。

聖地へ踏み入るとき、禊《みそ》ぎと称して流れる水で体を浄《きよ》めることは、生命《いのち》の回帰を現しているのかもしれない。

山に棲《す》まう神は様々であっても、山そのものは女《め》の神《かみ》。

深山《みやま》の神秘に挑《いど》むものは、ただのいのちとなって女神の胎内《たいない》へと還《かえ》りゆくのか。

山岳修行において女人《にょにん》の出入りを禁止するのは、女が生まれながらに赤不浄《あかふじょう》（月経）を宿命とするためではない。

女は、生まれながらに水の神秘を抱いている。

女は生まれながらに皆、女神なのだ。

そうして女は、同性にとかく厳しいもの。

だから山は女人《にょにん》を拒《こば》む。

無論、女同士だからこそ分かり合えることも多々あるけれども。

ひとまず廻《めぐ》りはすべて、女神の水より。

男も女も、あたたかな水より生まれいでる。

けれど今ここに流れる水は、冷たい。

碧《みどり》色の水面《みなも》がゆらゆらと揺れ、音も静かに人の頭が浮かび上がる。

いや、それは「ヒト」ではない。

吉野山に棲《す》まう神仙《しんせん》とは別の、カミ。

「…………」

水底《みなそこ》に足をついて、テンは真っ直ぐ立つ。

そこは、魚すらほとんどいない小川。

暦《こよみ》はまだ葉月《はづき》の初めだというのに、水の温度はすこぶる低い。

朝からずっと、テンはここにいる。詳しくいえば、義経ゆかりの吉水院《よしみずいん》へ向かうカイたちと別れたあとからここにいる。衣《ころも》を脱ぎ捨て、浸《ひた》り、気の向くままに泳いで時を過ごしていた。

頬《ほお》に張りついた髪を指先で適当に払い、テンは岸辺のほうへゆっくりと泳ぐ。

川底はゴツゴツとした岩が転がっていて、水深は場所によってあっという間に変わる。

エメラルドグリーンの波間に、絹の髪が静かにたゆたう。

別に、岸へあがるために泳いでいるわけではない。ただ勝手に泳いでいる。たとえ誰かに覗《のぞ》かれようとも構いはしない。

だが。

「…………やだ」

呟《つぶや》いて、手足を止める。川底の岩に足をかけて、真っ直ぐに立つ。ばしゃり、と水音が辺りに響いて、腰までが水の上へと出た。

その声と肢体《したい》は、少年のものではなく少女のもの。

年相応に控えめな膨《ふく》らみの胸に両手で触れて、小さく息を吐く。

「戻ってる」

呟きの余韻《よいん》が唇から消える頃、冷たい水の中へスッと潜《もぐ》る。青白く映えた肌の上を波のゆらめきがすべっていく。いや、射し込む光が作る波模様のなかをすべるように泳いでいるのか。

冷たく、清い水。魚さえ棲《す》めない川。

流れも緩《ゆる》やかで、ともすれば時間が凍りついてしまったような世界。

終わりこそが始まり。

それさえも忘れてしまったような、水。

だから、昔のままの「時間」があるのか。

川底に沈む岩のように、動くことのない記憶の欠片《かけら》たちが、ここにあるのか。

（あたしは昔、ここへ来た）

鶴岡八幡宮《つるがおかはちまんぐう》の巫女《みこ》として。

八幡神の眷属《けんぞく》・摩多羅として。

源頼朝を、東の覇王《はおう》とするために。

源九郎義経の命をその贄《にえ》とするがために。

吉野山は、山そのものがカミ。社《やしろ》や御堂をはじめとして、土、岩、鳥、草木や朝霧、木立を吹き抜ける風さえもチカラを持つ。

それらにとって三百年四百年など、朝起きて夜寝てまた目覚めた程度の時間の流れ。

吉野の空から土をめぐるこの水は、三百数十年前の出来事を知っている。

だからこの身体の性は変じた。

齢《よわい》まで変えられてしまわないのは、摩多羅のチカラが水の記憶に勝ったから。

だけど性が変じたのは、摩多羅の記憶の底へ水が流れ込んできたから、だ。

「馬鹿馬鹿しい」

岸にあがり、濡れた肌の上にすぐ衣《ころも》を纏《まと》う。声と体はもう、少年のそれ。

ごく淡い紫――薄色の結《ゆ》い紐《ひも》を指先に絡《から》めて、そのまま静かに唇へ寄せる。しばらくじっと瞼《まぶた》を閉じていたが、ゆっくり瞬くと紐の端を噛《か》んで、右手に櫛《くし》を持つ。

櫛は、螺鈿《らでん》造り。

虹《にじ》色に輝く夜光貝《やこうがい》のかけらが、キラリと眩《まぶ》しく閃《ひらめ》く。

そのとき、杉林から烏《からす》たちがギィギャアと騒がしく飛び立った。

よく晴れた空を見上げる。

櫛を持つ手は、止まる。

「……やっぱり、そうなるのね」

髪を掬《すく》いあげていた左手で紐を取って、テンは淡々と呟《つぶや》く。

だけどそれは高く澄んだ、少女特有の声だった。

☆

下千本《しもせんぼん》、中《なか》千本、上《かみ》千本、そして奥千本。それからもう少し先に進めば、青根《あおね》ヶ《が》峰《みね》。

大和《やまと》の聖域へ挑《いど》む者たちが禊《みそ》ぎをする吉野川のほとりは、通称・六田《むた》の渡し。そこから南へ続く山の尾根に前述の名称《なまえ》が付けられていて、これらを総じて「吉野山」という。六田と青根ヶ峰の標高差は、越後国の春日山を三つタテに積んでもまだお釣りがくるほどだ。

なにしろ修行の場として有名なのだから、山道はとにかく険しい。

そんなところで人探しをするのだから、カイと景虎はさすがに息が切れた。

山を登る、というより、駆けずり回ると表現するほうが近くて正しい。

頼りは山のあちこちに微《かす》かに残る二童子の気配――残《のこ》り香《が》にも似た「神気《しんき》」と、カイの体を鞘《さや》として持つ摩多羅の剣との共鳴。小さな鈴の音色のような、不可思議な響き。

それを追っていくうちに、二人は奥千本界隈《かいわい》まで来た。

太陽は既に西へ下りはじめている。

威風堂々《いふうどうどう》と立ち並ぶ杉の巨木が光を遮《さえぎ》って、辺りは既に薄暗くさえある。大小の社《やしろ》、宿坊《しゆくぼう》らしき小屋などは幾つも見たが、人影はなく、遠くから法螺《ほら》の音が聞こえてくることもない。

風がやむと、自分たちが歩く以外の「音」は何もなくなる。

「……っとに、どこへ行ったんだ？」

「『気配』は感じないのですか？」

笠《かさ》を手に持ち、もう一方の手で額から落ちる汗を拭《ぬぐ》いながら景虎が訊《たず》ねた。カイは目を閉じて、しばらくしてから軽く唸《うな》る。

「ここからあまり離れてねぇところにいる、ってのはわかるんだが……」

それなのに、所在がさっぱり摑《つか》めない。小さな焦《あせ》りが少しずつ少しずつ積もっていく。苛立《いらだ》つことはないが、とにかく落ち着かない。

「……あー、とにかく、まずはあっちを見て回るか」

目の前の道は、幾つもの石塔が建つ庭を持つ御堂《みどう》へ続く参道。カイはそれに背を向けて、少し道を戻ろうとする。けれど続く足音がまったく聞こえなかった。

「どうした、平三」

不思議に思って振り返る。

景虎は笠を手にしたまま、ただジッと立っている。視線はカイへと向いていた。

「平三？」

「――――まだ、明かしていないことがあるのです」

「は？　……何をだ？　いや、それよりナンの話だ」

「私の、身の上話です」

その一言で、カイの表情が一気に引き締まる。腕を伸ばしたぐらいでは届かない距離の中で、目と目がまっすぐぶつかった。

景虎は深く息を吸い、静かに告げる。

「カイ。私は三年前、既に高野山で三帰五戒《さんきごかい》を受けて、法号《ほうごう》も授かった身なのです」

「はぁ!?」

「ですから現在《いま》の私の名は『長尾弾正《だんじょう》小弼《しょうひつ》景虎』であると同時に『長尾入道宗心《にゅうどうそうしん》』なのです」

「…………はぁ」

そうかよ、と、カイは目をまるくしたままで頷《うなず》く。

三帰《さんき》とは仏《ぶつ》・法《ぼう》・僧《そう》の教えに従うこと。五戒《ごかい》はその名の通り、五つの戒律。法号《ほうごう》とは、その受戒《じゆかい》の際に師となる僧侶《そうりよ》から授かる称号のこと。景虎の場合は「宗心」がそれにあたる。入《にゆう》道《どう》、というのは仏の道に入った者のこと、或いは、寺に身をおかず在家《ざいけ》のまま仏道に入った者を指す。

察するに、三年前に上洛《じようらく》したときに高野山へ詣《もう》でて僧体《ぞうたい》となったのだろう。

(真面目《まじめ》くさった顔で『身の上話』なんていうから、何かと思えば)

はぁ、とカイは息をついて緊張を解く。

「じゃあナンだ。今度からは『平三』じゃなくて『宗心』と呼べ、っていうことか?」

「いえ、そういうわけではなく。それはそれ、いつものままで。……ただ」

『ただ』?」

「飲酒戒《おんじゆかい》がどうしても守れず、困っているのです」

「おん……あぁ!?」

「それは冗談として」

「冗談??」

「いえ、酒がやめられぬのは本当ですが」

おそろしいほどに淡々とした調子で景虎は喋《しやべ》る。だから、どこからどこまでが本気なのか何なのか、サッパリわからない。

にもかかわらず、まだ景虎は言う。

「私は、いま、僧侶となるよりも………女人《にょにん》になりたくもあるのです」

「にょッ、……女人に!?」

「はい。なりたいというより、正確には、女人として生まれてきたかった、と。僧体となってからは、そんなことばかりを思うのです」

「………」

そんなことばかりを、と言われても。

(困る)

カイは眉間《みけん》を最上級に険しくして無言で唸《うな》った。これならまだ「将来の夢は高僧」という、件《くだん》の発言のほうが分かりやすい。

「カイ。不躾《ぶしつけ》を承知でお訊《たず》ねしますが、摩多羅は星の神……『星神《せいじん》』であると同時に色の神、つまり『性神《せいじん》』だと、文献《ぶんけん》にありました。ならばテン殿にお頼みすれば」

「……でっ、出来ん出来ん出来るか!!」

カイは首をブンブン盛大に振って絶叫した。皆まで聞かずとも、景虎の言いかけた内容はわかる。わかりすぎた。

「と、とにかく。マナとアラヤを探すほうが今は先だ。……行くぞッ」

「はい」

無理やり話を打ち切って歩きだすが、やけに素直な声が返った。あまりにもあっさり返るので、先程の爆弾発言は冗談かと疑いたくなる。しかしそうである可能性のほうが薄いので、カイはこめかみがズキズキと痛んで堪《たま》らなかった。

そのとき、だった。

リィン

「！」

二人は同時に足を止める。

カイが振り返る。景虎と、目が合う。

二人とも、同じ音を聞いていた。

「今のは――」

小さな、鈴の音色。それだと思う間に、またリンと響く。

「御堂《みどう》の庭、だ」

「はい」

短い言葉を交わすなり、カイと景虎は参道を戻りだす。急ぐ必要などないというのに、どうしてか脚は先へ先へと走る。

何かに憑《つ》かれ、急《せ》かされたというのなら、その「何か」の正体は間違いなく鈴の音色。

その小さな響きは、安堵《あんど》よりも胸騒《むなさわ》ぎの色をもたらした。
不思議なのは、それが景虎へも聞こえたこと。
けれど走っている最中はそんなことなど気に留めなかった。
ただ。
カイだけが一瞬、幻《まぼろし》を見た。
それは、ひとひらの雪。
（なん――――……!?）
視界の端で舞ったそれへ訳もなく振り返ったときに、景虎が大きな声を出す。
「いました！」
「……っ、アラヤ！」
視線を前へ戻して、立ち止まる。
隙間《すきま》なく落ち葉が積もり、そうでなければ苔《こけ》むした石ばかりが目に留まる、景色。
その真ん中には、控えめな佇《たたず》まいの小さな御堂。
藁《わら》葺《ぶ》きの屋根は、苔で鮮やかな緑色。
五段ほどの石の階《きざはし》の端には、狩衣《かりぎぬ》を纏《まと》った女童《めのわらわ》が俯《うつむ》き加減に座っていた。
耳朶《じだ》の下ほどで切り揃《そろ》えられた髪が影になって、表情をすっぽり隠している。
「アラヤ、マナはどうした？　その中か？」

「…………」

問われて、初めてアラヤは顔をあげる。膝《ひざ》を抱えていた腕も解いた。

薄く開いた口が、何かを言いかけた。

だが何かを言う前にアラヤは石段をぴょん、と飛び降り、カイへ駆け寄る。僅《わず》かに広げられた両腕はそのまま彼の腰に抱きついた。いや、しがみついたというべきか。

「……アラヤ？」

「うん。あっちゃん」

小さな小さな手が、墨染《すみぞ》めの衣《ころも》をきつく摑《つか》む。

「あっちゃんは、あっちゃんだよ。でもね、違うときもあったの。……雛遊《ひいな》びをしていたわい、たしも、いたの」

「――――――」

カイは真顔で息を呑《の》む。体の奥が、奇妙に震えた。

その響きは間違いなく、摩多羅の剣から発せられたもの。

気を抜けば膝から崩《くず》れ落ちてしまいそうな、或いは声を上げて泣き出してしまいそうな、不安定な感覚。ふとした瞬間にも濁流《だくりゅう》に呑まれてしまいそうな、錯覚《さっかく》。

「あのね。ここにはね、むかしがあるの」

「昔、が？」

「うん」

こくん、とアラヤは首を縦に振る。その途端、体から急に力が抜けた。カイは慌《あわ》ててそれを受けとめる。両足を担《かつ》ぐようにして抱え上げた。

アラヤは目を閉じて、まったく動かない。

それはまるで呼吸すらしていない、人形のような様《さま》。

「カイ、いったい何が……？」

「知るか！」

訝《いぶか》る景虎へそう言い放つなり、カイは御堂《みどう》の石段を一歩で昇る。いや、飛び越した。錫杖《しやくじよう》の先で戸板を強く突く。バン、と激しい音を立てて戸が左右に開いた。

小窓から僅《わず》かに光が射すその中には、二本の蠟燭《ろうそく》の炎。

祭壇《さいだん》の両脇に佇《たたず》む燭台《しよくだい》の真ん中には、人影があった。

でもそれはマナではない。

戸口に背を向けて座る、ひとりの尼《あま》。

「……あ……ッ」

石段の途中まで来た景虎が鋭く息を呑む。

カイは反射的に彼へ振り返った。

めぐるその視界の隅《すみ》で、尼がすっくと立ち上がる。

しゃり……と、数珠《じゅず》の石と石が擦《す》れ合うときの音が微《かす》かに響いた。

その音は、尼《あま》の懐《ふところ》より。

「――――――――」

アラヤが突然、瞼《まぶた》をパッと開く。大きな眼は尼を見る。カイも祭壇《さいだん》へ向き直る。

景虎は、絞《しぼ》り出すような声で鋭く叫んだ。

「……母上!!」

その一言は、張りつめた空間に一石《いっせき》を投じるもの。

石は小さな、だけど鋭く尖《とが》ったもの。

波紋《はもん》は静かに、静かに広がる。

一石に応えたのは、柔らかにさざめく水のような声。

「お探し致しましたよ、御実城様《おみじょうさま》」

いえ……、と尼は瞼を少し伏せて、

「虎千代《とらちよ》」

今では母親でしか呼べぬ幼名《ようみょう》を、口にする。けれどさざめきやんだ水は、ただ冷たい。

若き越後国主《こくしゅ》・長尾景虎の生母《せいぼ》として、時には「虎御前」と呼ばれる尼僧《にそう》。

亡き長尾為景《ためかげ》が正室、五瀬《いっせ》。

白銀《しろがね》の袈裟《けさ》の陰より窺《のぞ》く双眸《そうぼう》は、厳しい光を湛《たた》えていた。

其之三　Egoistic・Romanticism

記憶をたどり、考え、年月を数える。

景虎《かげとら》が京を訪れ高野山《こうやさん》へ詣《もう》でたのは、三年前のこと。

そして二年前の夏のはじめ、カイとテンも京にいた。

京から去ったのも、その夏のうち。

未だ戦乱の傷が癒《い》えない京から、深山《みやま》の聖地へと向かうとき。景虎は、いったいどんな気持ちでいたのだろう。どんな心地《ここち》で受戒《じゅかい》したのだろう。

鴨川《かもがわ》にかかる橋で知己《ちき》と別れ、京を後にしたときのことを、カイは今でもよく覚えている。

いつものようにまた、当てのない旅路。

いつものように交わした、他愛《たわい》もない話。

普段どおりの、普通の日々が常の如くはじまった。

本当に、たったそれだけのこと。

だけど、明らかに変わった。

京を後にしたその日から、胸の奥には正体不明の感覚が居座るようになった。

摑《つか》み所のないそれは、逃げ水に似ていた。

いったいコレは何なのかと思って探ろうとすれば、スルリと消える。だったら……と無視していればいつの間にか戻ってきて、胸の奥をまたじわじわ苛《さいな》みだす。

追って、逃げられ、諦《あきら》めて、再会。

不毛《ふもう》なそのサイクルを何十回と繰り返したあと、ある日、突然思い出した。

――お前は、俺と出会ってなかったらどうしてたんだ？
――そうねェ
考えたこと、なかったわ

旅の始まりはいつものこと。

だけど始まる前に交わした言葉は、すこぶる奇妙だった。

なぜあんなことを訊《き》いたのかは、まったく思い出せない。勝手に口から出た問いだった。

そして、

（あいつの答えが、なんでこんなに気になるんだ？）

その謎《なぞ》こそが胸の奥に居座る「逃げ水」の正体なのかと、感じた。

だったら訊《き》けばいい。どうして考えたことがなかったのかと。

咄嗟《とっさ》にそう思ったが、実行には移さなかった。

理由は「怖かった」からだ。

テンは、摩多羅《またら》。永き時間《とき》を生きる神。

その数百年の歴史は、簡単に触れていいものではない。

自らへそう戒《いまし》めた途端――胸が、突き刺すような痛みを訴えてきた。

すると。

『どうかした？』

戸惑いを見透《みす》かしたか、こちらが相当に渋い表情をしていたから、か。川沿いの道の先を歩いていたテンが立ち止まって、ジッと顔を覗《のぞ》き込んできた。

『…………別に、なんでもねぇよ』

『そう？　てっきり何か悪いものでもつまみ食いして、ひーひー苦しんでるのかと思ったわ』

『つまみ食いなんかするか。大食いのお前じゃあるまいし』

『あら。なーんか言った？』

『…………いや、なにも』

『それでヨシ』

満足げに頷《うなず》いて、テンはまた前を向いて歩きだした。

長い髪の揺れる、幼い後ろ姿。見慣れているはずの姿。
なのにそれは一瞬、強固な鎧《よろい》を纏《まと》っているかのように映った。
遠く昔は和泉信太《いずみしのだ》の辰狐《しんこ》であったという神の歴史。
触れてはならないと感じる時間。
そう感じてしまうのは、神自身が頑《かたく》なに過去を拒《こば》んでいる所為《せい》でもあると、気づいた。

逃げ水は今も胸の奥に棲《す》む。
歴史には触れずいっそ肌だけでもと欲《ほっ》する「呼び水」とともに。
氾濫《はんらん》を起こしそうなこの危うさを消せない限り、大峰《おおみね》の奥駈《おくが》けなど到底無理。
自らへそう言い聞かせ、戒めた。
けれど吉野《よしの》の清き水を以《もっ》てしても、この穢《けが》れはまだ祓《はら》えていない。

☆

落ちゆく陽は、西の山々の彼方《かなた》へと。
昇りくる月は、東の空にもまだない。
いま濃紺《のうこん》の空に輝くのは、宵《よい》の明星《みょうじょう》。

夜の帳《とばり》が徐々に下ろされていく中、吉野の古い宿坊《しゅくぼう》には様々な者が詰めかけていた。

いったい何が様々なのかといえば、それはそれぞれの風体《ふうてい》。半蔀《はじとみ》の上がった戸口から遠い順に、少年山伏《やまぶし》、有髪僧《うはっそう》、狩衣《かりぎぬ》を纏《まと》った幼い女童《めのわらわ》、還暦《かんれき》を間近に控えた尼僧《にそう》、そして青年山伏。

精進潔斎《しょうじんけっさい》のために大峰入りを控えていた場所は、下千本《しもせんぼん》のあたり。

カイたちは奥《おく》千本からそこまで降りようとしたのだが、途中でテンと出会った。それがここ、中《なか》千本界隈《かいわい》。

いろいろ、複雑な話をしなくてはいけない。そう思って誰もいない宿坊へ上がり込んだ。

だが、誰も何も口をきかない。

上座《かみざ》も下座《しもざ》もない、六間四方《ろっけんしほう》ほどの坊に腰を据《す》えてから先、ただシンと静まり返るばかり。

黒衣の膝《ひざ》へ猫のように体を預けて眠るアラヤ以外、皆、瞬きを繰り返して、ときおり僅《わず》かに身じろぎをするだけ。

(どうなってんだ、本当に)

平静を装《よそお》ってはいるものの、カイは内心落ち着かない。腐っても僧侶《そうりょ》なので半日、一日、いや二日間ずっと座禅《ざぜん》することも別に苦ではない。けれど今それをやれと言われても、到底無理な注文だ。

なにより不思議なのは、口達者《くちだっしゃ》な姫神《ひめがみ》までもがずっと黙っていること。

『……………ん？　テン！　おまえ、どうしてここにいるんだ？』

『うふふん。それは勿論《もちろん》、美少年の勘《かん》ってヤツ』

『はぁ!?　……いや、それよりマナは一緒じゃなかったのか？　戻ってきてないのか』

『戻ってきてはない、ね』

吉野山、中千本。

南北朝《なんぼくちょう》時代に若武者《わかむしゃ》が辞世《じせい》の句を刻んだ御堂《みどう》の近くでそんな会話を交わしたあとから、テンは何も喋《しゃべ》らない。

景虎と尼僧・五瀬《いつせ》の二人は、奥千本の御堂からずっと黙ったままだ。

(母御前《ははごぜ》が、出奔《しゅっぽん》した子息《しそく》を追ってここまできた、というのはわかるんだが)

不肖《ふしょう》の息子をたしなめるために隠居《いんきょ》中の母親が現れる、という話はよく耳にする。だが、さすがに家出した当主を追いかけるのは家臣の役目。仮に母親が後を追うとしても、側女《そばめ》や護衛の武士《もののふ》を引き連れ、籠《かご》に揺られる旅路のはず。

けれど五瀬は供人《ともびと》も連れず、徒歩《かち》で、越後国《えちごのくに》から大和国《やまとのくに》の吉野まで現れた。

情熱といっても過言ではない、その行動力。

どう考えても、景虎を叱り飛ばして連れ戻すためだけのものとは思えない。

もしそれだけのためだったのなら、我が子へ手打ちのひとつやふたつを見舞い、大声を出しているはず。

たとえ手をあげ声をあげることがなかったとしても、景虎が毅然《きぜん》とした態度で己《おのれ》の信条なり何なりを母親へ語っていたはず。

（だが、黙っている）

半部《はじとみ》からすべりこむのは、夜半の冷たい風。それが頬《ほお》を撫《な》でていくたび、カイは、景虎と五瀬の間に薄氷《はくひょう》の壁を感じた。

その氷は、どちらかが動けばきっと割れる。

でも割れたとしても、互いが互いの意思《こころ》へ触れられるのかは、謎《なぞ》。

この母と子の間には、奇妙なばかりの緊張感が漂っている。

――と、そのように思いをめぐらす無言の下。

「？」

カイは小さく目を見張る。ふと気がつけば、膝《ひざ》の上にアラヤがいなかった。

女童《めのわらわ》は、いつの間にか尼僧《にそう》の元にいた。

五瀬は特に驚いた様子もなく、ただ当たり前のことのように幼子へ膝を貸し、小さな頭を軽く撫《な》でていた。

「…………も、申し訳ありませんッ」

「いえ。構いませぬ」

慌《あわ》てて腰を浮かせたカイへ、五瀬はやんわりと微笑《ほほえ》んでみせる。と、頭を撫でる手が止まった。アラヤは目を閉じたまま、その指先をきゅっと軽く握りしめた。

五瀬は、ふふ、とくすぐったそうな声をこぼした。

「ほんとうに可愛《かわい》らしい。この子も、既に仏の道を志《こころざ》しているのですか？」

「え？　いや……まあ」

どう答えればいいか分からず、カイは曖昧《あいまい》に頷《うなず》く。チラ、と少年山伏《やまぶし》へ目配せをするが、

「そうですか」

何かしらの空気を察したか。それ以上はもう訊《き》かないと示すように、五瀬は先程と同じ笑みを湛《たた》えた。そうして、寝ぼけたような動きを繰り返すアラヤを優しく見下ろす。

その横顔は、奥千本の御堂《みどう》のときと比べて印象がまったく違う。つい今し方まで漂っていた緊張感さえ幻《まぼろし》かと思うほど、幼子を見つめる瞳は穏やかだ。

だが。

それこそが、幻だったか。

「母上」

景虎が重い口をようやく開く。

「母上、なぜ吉野へお出《い》でになられました。……光育《こういく》和尚《おしょう》がお教えになられましたか」

「いいえ」

短く、ハッキリと響く声。

幼子の髪を梳《す》いていた指が止まる。

「妾《わたし》は栖吉《すよし》を発《た》ったのち、実城《みじよう》（春日山城《かすがやま》）へは寄らずにここへ参りました。虎千代《とらちよ》の向かう先を当てるなど、造作《ぞうさ》もないこと。そなたが最初に教えを授かったのは弘法大師《こうぼうだいし》の開きし真言宗《しんごんしゆう》であり、高野山へ続く吉野は、九郎判官《くろうほうがん》ゆかりの地。叡山《えいざん》は先に京城《けいじよう》を焼く戦《いくさ》を起こせし宗派なれば、当然、虎千代は高野を目指すとしか思えませぬ」

叡山は、京城を焼く戦を起こせし宗派。

その一言に、カイがぐっと眉根《まゆね》を寄せた。

けれど母と子がその表情を見ることはない。

見届けたのは、傍《かたわ》らにいた少年山伏《やまぶし》のみ。

「なるほど。母上が私の行く先を知っておられたことについては、分かりました。では何故《なにゆえ》、吉野までも追ってこられたのです」

「追うてはなりませぬか」

「どのように止められようと、私の考えは少しも変わりません」

「誰が止めると申し上げましたか」

「………え？」

景虎は一瞬だけ表情を険しくする。

だがそれ以上に五瀬の眼差《まなざ》しは冷たく鋭い。

「あなたが越後を捨て民を捨てて僧になるというのなら、母は首を掻《か》き切って皆に詫《わ》びるより他にありませぬ。ですから、ここへはそのために参りました」

「母上、そのような弁はたとえ虚言《そらごと》でもお止めください！」

「御実城様《おみじょうさま》は、この五瀬がつまらぬ冗談や洒落《しゃれ》を申し上げる者とお思いですか」

「…………っ」

景虎は唇をぐっと強く引き結んだ。膝《ひざ》の上にあった手は固く閉じられ、拳《こぶし》に変わる。

「……それでも、我が意思に変わりはございません」

「どうしても高野へ参られますか」

「高野へ行き、僧として生きとうございます」

「お志《こころざ》しは、それほどまでに堅《かた》くありますか」

「はい」

「では、ここで母を殺してゆきなさい」

「母上！」

悲鳴に近い声。

「よろしいですか、御実城様。いま公銭方《こうせんかた》の大熊《おおくま》が甲斐国《かいのくに》の武田家《たけだ》と密《ひそ》かに通じている疑いがあります。内情攪乱《かくらん》は武田が得意とするところ。ですがそれを尻目に、御実城様はこれより出《しゅっ》家《け》なさるという。それが真に天上・天下の為であるというのならば、母殺しなど罪になりませぬ。さあ殺しなさい。母を殺して御身《おんみ》の未来を占いなさいませ」

「……母上」

「首は、軒猿《のきざる》などが勝手に越後へ持ち帰りましょう」

真っ直ぐに伸びた背筋。丸まってしまうことなく、ピンと張った肩。俯《うつむ》かず、きりりと構えられた顎《あご》。目線の高さ。声音《こわね》。

どれをとっても、五瀬は武家女として申し分ない。

老いや若さ、顔の造形がどうこうではなく、人としてまず強く、美しい。

若くして国主《こくしゅ》となった景虎の「血」は間違いなくこの女性《にょしょう》から継がれたものだと、わかる。

その母と子の間に、なぜ、薄氷《はくひょう》の隔《へだ》たりがあるのか。

何故《なぜ》こんなにも張りつめた空気が生まれるのか。

第三者であるカイは口を挟《はさ》む隙《すき》もなく、呆然《ぼうぜん》とするのみ。

今にも刃《やいば》が閃《ひらめ》きそうな場の傍《かたわ》ら、カイは視線を横へチラと逸《そ》らす。

けれど。

「……テン？」

つい名前を呼んだ。

彼が、いつの間にかいなくなっていた。

問う声で景虎と五瀬も我に返り、先程まで少年がいた場所を見る。が、やはりいない。部屋を出るには、景虎と五瀬の間を通っていくしかない。しかし、そんな影など当然見なかった。

テンは、忽然《こつぜん》と消えたのか。

——答えは否《ノー》だ。

「カイ、あの」

「は？」

景虎が目で相手の背後を示す。合点《がてん》のいったカイは首を回したが、その隙に視界の端で影が動いた。直後、細腕が首に絡《から》みつき、がっちりと固定された。一瞬で息が詰まり、つい「ぐえッ」と呻《うめ》く。

「あーもー。気が利《き》かないね、ホントに」

テンは有髪僧《うはっそう》の耳元に唇を寄せ、低く告げる。どういう意味だ、と返しかけるが、首をさらに絞《し》められて声が出ない。

「いい？　平《へい》ちゃんとそのお母様に『こみいった事情』があるってのは一目瞭然《いちもくりょうぜん》デショ。だったら部外者のいる前で堂々と話が出来るわけ、ないじゃない」

「…………」

「ていうことで、外に出よーね」

わかった、と答える代わりに、カイはすっくと立ち上がる。

——そこまでは良かった。

しかし、甘かった。

少年姿のテンは、カイよりも頭ひとつ分ほど背が低い。よって、万有引力《ばんゆういんりょく》の法則に従い、首に絡《から》まった腕へ少年の全体重がかかる。半セルフ絞首《こうしゅ》と化す。

「だ……っっっ」

思いきり呼吸が止まったカイは、立ち上がるなり派手に転ぶ。テンは巻き込まれる前にさっさと離れた。

その一部始終《いちぶしじゅう》を眺めていた五瀬は、真顔で呟《つぶや》く。

「僧侶《そうりょ》と山伏《やまぶし》ではなく、猿楽《さるがく》一座の方ですか」

「ちがいますッ」

ゲホゲホと咳《せ》き込みつつ、カイは改めて立ち上がる。

「……と、とにかく。俺とこいつは、席を外します。失礼致しました」

「はい」

「お気遣い、痛み入ります」

景虎と五瀬はそれぞれに頷《うなず》き、腰を上げて道をあける。衣擦《きぬず》れの音とともに、珠《たま》がこすれあう音も微《かす》かにこぼれた。

開け放たれたままだった戸口からカイとテンは簀子縁《すのこえん》へ出て、そのまま階《きざはし》を降りる。修験者《しゅげんじゃ》によって踏み固められた道、木々に囲まれて夜闇の濃い道をしばし歩く。

そうして宿坊《しゅくぼう》をふと振り返れば、屋根の右端に、昇りかけの半月。

「あ」

カイは思わず足が止まる。

「ん？　どしたの」

「アラヤをそのままにしてきたが——いいのか？」

「さあね？　善《よ》し悪《あ》しは、アラヤが決めるでしょ」

「じゃあ、マナは何処《どこ》に行ったんだ？」

忽然《こつぜん》と消えたのは、マナの意思なのか。

何気なく、何の意図もなく、カイはぽつりとそう言った。眼はまだ白い半月を眺めていた。

だから、彼は知らない。

木立の奥の闇を見つめる摩多羅の眸《め》が、鋭い銀色の光を一瞬だけ宿したことを。

「ねえ、カイ」

「ん？」

「九郎義経《よしつね》が最初に立てた戦功って何なのか、わかる？」

「は？　戦功、って……」

「『朝日将軍《あさひしようぐん》』の首を取ったこと、だよ」

それは、刃《やいば》に似た低い声。

聞き慣れた響きとはかけ離れた、少年の声。

カイは嫌でも視線を月から離す。

振り返ったとき、神の双眸《そうぼう》は元の漆黒《しっこく》に戻っていた。それでも眼差《まなざ》しは強く、鋭くて、カイは言葉をなくす。

いや。

吐き出そうとする言葉は、山のようにある。が、どれをどれからどう出せばいいのか迷う。

——朝日将軍とは、源頼朝《みなもとのよりとも》・義経の従兄弟《いとこ》である源（木曾《きそ》）義仲《よしなか》。

世の均衡《バランス》をかき乱すトラブルメーカーとして一族から、時代からも切り捨てられた武士《もののふ》。

朝日将軍は義経の手にかかり、近江国粟津《おうみのくにあわづ》で没した。

将軍の唯一の子息《しそく》は、頼朝側の者によって滅《めっ》せられた。

その「子息」、源義高《よしたか》こそが、人間であった頃のマナ。

マナと一対《いっつい》の童子であるアラヤは、頼朝の長女であり義高を婿《むこ》とするはずだった幼き姫。

普段、二童子は人間であった過去と現在《いま》の記憶をきっぱり分けている。

それはきっと、摩多羅の神力《チカラ》に因《よ》るもの。

けれど。

「………マナは」

頬《ほお》や口許《くちもと》をじわじわと強張《こわば》らせながら、カイは問う。

「義高は、まさか吉野《ここ》で父親の仇《かたき》を——九郎判官を探している、とでもいうのか？」

「だったらどうする？」

即答したテンは視線を外さない。

こうして、真っ直ぐに見つめて物を言うときの摩多羅の言葉は、真実《ほんとう》のことばかり。

「……だったら、どうやって探すんだよ」

知らぬ間にカイは声がこぼれる。

探すといっても、『源義経』は過去の人間。この吉野に「ゆかりの史跡」が多くあるといっても、義経はとっくに死んでいるのだ。

この戦国乱世に、源九郎義経は何処《どこ》にもいない。

「――甘いね」

夜の底を這《は》うように低い声音《こわね》。

その呟《つぶや》きを耳にして、カイはハッと顔をあげる。

目の前に立っているのは、冷ややかな表情をした少年山伏《やまぶし》。

「あのさ。カイはいったい、何年私たちと付き合ってるわけ？」

「どういう意味だ」

「カミホトケの流儀《りゅうぎ》がまだわからないのか、って言ってんの」

「流儀？」

「そう。――カミが白だと思うのなら、黒も白。黒が欲しければ、白を黒に変える」

つまり、とテンは瞼《まぶた》を閉じて、

「マナは『探す』のではなくて『見つける』んだよ。義経の匂《にお》いを持ったモノをね」

「匂い」

その言葉の指すもの。意味するところ。

それは、察した。

だが、カイには分からない。

「……匂いといっても、義経はもう何百年も前の人間だぞ!? なのにまだ」

「残ってるよ」

まだ続けようとする口をテンは左手で塞《ふさ》ぎ、右手で僧衣の襟《えり》を掴《つか》んで引き寄せる。

神の唇はまた耳元へ。

「だって。まだ三百七十年しか経ってないじゃない」

「そんな時間、私たちには一炊《いっすい》の夢みたいなものよ」

囁《ささや》かれて、呼吸《いき》が止まる。

「―――――――」

告げられて、思考さえ止まる。

でもそれは一瞬だけ。

カイはテンの両手を一気に引き剝《は》がし、振り払う。白単衣《しろひとえ》に袴《はかま》を纏《まと》う華奢《きゃしゃ》な体は僅《わず》かによろめいたが、視線は動かない。

互いに、眼差《まなざ》しだけは離さない。

離れられない。

カイが、ゆっくりと唇を開く。言おうとした言葉、言わなければと思うことがあった。

でも間に合わない。

声よりも先に、幻《まぼろし》が舞った。

それは、ひとひらの雪。

(な……？)

ド……ォオオンッ

突然、鈍《にぶ》い衝撃《しょうげき》が足元を揺らす。いや、揺れたのは山全体。寝床《ねどこ》である木立に落ち着いていた鳥たちが甲高《かんだか》く騒ぎながら一斉に飛び立つ。

何事かと、カイは辺りを見渡す。と、またドォン、と衝撃が走る。

風も走る。風が、地を這《は》うようにして駆けていく。けれど土煙などはない。空を振り仰《あお》げば、いつの間にか半月が消えて星の光も遠い。

「な……ん、だ!?」

「雷神《らいじん》の弟子が暴れてる、ってとこかな」

「…………って、まさか北野火雷天神《きたのからいてんじん》の『菅原道真《すがわらのみちざね》』か!?」

「違うよ。おみっちゃんじゃなくて、その弟子、って言ってるでしょ」

「で……」

繰り返そうとした直後、景色が白く染まる。

墨色《すみいろ》の闇から、真白なる闇。

そして、青く弾ける闇。

……ガラガラガラ　　ドォ　……ォォオオオオンッ
空から地上へ一筋の光が駆けた。正真正銘《しょうしんしょうめい》の雷。だがそれは現《うつつ》の幻《まぼろし》。閃光《せんこう》と雷鳴のあとに続くものがない。大樹や社《やしろ》が裂《さ》ける音も、赤々と燃え立つ炎も、何も無かった。

ただ、代わりに。

「……カイ、テン殿！」

御堂《みどう》から人影が飛び出し、二人の元へと駆けてきた。

「平三《へいぞう》」

「先程から辺りの様子がなにやら不気味なのですが。いったい何が起こっているのでしょう」

「……『雷神の弟子』の仕業《しわざ》、らしい」

「え？」

意味がわからず、景虎は軽く目を見張る。その彼の袖《そで》をテンがくいくいと引いた。

「ねえ、平ちゃん。母君の傍についてあげなくてイイの？」

「ああ……母には、あなた様の童子がついておられます。それに」

「『それに』？」

「その童子が私へ、探して、と言われましたので」

「アラヤが？」

カイが思わず聞き返す。景虎は「はい」と短く頷《うなず》いた。その整然《はっきり》とした態度をみるかぎり、誰を探してくれと頼まれたのか、彼はわかっている。——理解《わか》っていると、判ったのだけれど。

不意に、景虎の右手が伸びた。

その手は、左の袖を摑《つか》んでいた指先を握った。彼は両膝《りょうひざ》を地について深く俯《うつむ》き、握りしめた指先を額の上に押し戴《いただ》いた。

カイはただ目を剝《む》く。

テンは、跪《ひざまず》いた彼をじっと見ていた。

すらりと長くて造りの細い、指。

それを強く握る指は皮が厚くてゴツゴツと節張《ふしば》った、いかにも武芸者然《ぜん》とした手。

けれどその手は小さく震えていた。

「――――『マナ』を、探して参ります」

景虎は立ち上がり、一礼をして駆けだした。その足音でカイはようやく我に返る。

「まて、平三……ッ」

「カイは宿坊《しゅくぼう》の守りをお願い致します！」

その声のあとは、後ろ姿も足音さえも見つからない。景虎は夜闇の中に完全に溶けた。

一体、どうして彼が探しに行くのか。それをアラヤから頼まれたのか。全くわからない。

それに、少し気になることがあった。

宿坊から現れた景虎は、声が少し濁《にご》っていた。喉《のど》がかすれていた。まるで大声を出したあとや泣き崩《くず》れたあとのように。

そして、どうしてあのように跪いたのか。

あれは、なにか違う。

畏敬《いけい》を表す行為とも、思慕《しぼ》を伝える行為とも違う。

「……『お願い致します』じゃあ、ねぇだろ！」

後を追いかけようと、カイは身を翻《ひるがえ》す。その瞬間、また空が光った。今度は光るだけ。雷《らい》鳴《めい》はない。それでも駆けだそうとした足を止めるには、充分の効果。

「『お前は来るな』っていう、雷神《らいじん》の弟子からの合図かもね」

背後でテンがさらりと言う。

「『来るな』だと⁉」

咄嗟《とっさ》に自分でも言葉を繰り返してしまい、カイはますます走り出せない。その悔しさを散らすように舌打ちをして顔をあげた。

空には、晴れる気配のない黒雲。

それは天を自在に翔《か》けるカミが呼んだもの。

「――――義高だよ」

淡々した、声。

耳にハッキリと届いた言葉。

だが、カイは聞き返す。

「いま何と言った」

「いま吉野山に轟《とどろ》いてる雷は、義高が引き起こしてる現象《モノ》、と。そーいう意味のこと」

慌《あわ》てるようなことではない。大したことでもない。暗にそう言っているようにさえ聞こえる、冷ややかな口調。そして実際、テンは先程から少しも慌てず、騒ぎもしていない。

摩多羅は、語る。

「カイにとっては、昔々のお話になるけど。――大峰の竜神《りゅうじん》のお膝元《ひざもと》であるココで、以前、木曾の竜神のじゃじゃ馬娘が大暴れしたんだよ。憎い仇《かたき》を探して探して、見つけるなり御《み》堂《どう》や塔頭《たっちゅう》をぶっ壊した出来事が、さ」

「木曾の、竜神の……？」

「朝日将軍の愛妾《あいしょう》・巴御前《ともえごぜん》のこと」

「と――――」

「いわゆる『竜女《りゅうにょ》』だった巴は、朝日将軍の仇を討つため、ずっと九郎義経を追いかけてた。で、吉野で直接対決ってことになった」

「……お前は、それを見たのか？」

「見たよ。この目で、しっかり」

テンはおどけた調子で自分の眼を指さす。でもその瞳は決して笑ってはいない。肩ごしに振り返ったカイはじっと黙った後、

「それで、そのときはどうなった」

「さあね」

「答えろよ」

「ワタシが言わなくても、カイだったら結果は知ってるでしょ」

九郎義経の最期《さいご》の地は、奥州平泉《おうしゅうひらいずみ》。

吉野山に伝説を残した女性《にょしょう》は竜女の巴ではなく、白拍子《しらびょうし》の静《しずか》。

「けど――――」

なおも食い下がろうとしたとき、また白い闇が訪れた。すべてを染める鮮烈な白。それは青く弾ける。体の芯《しん》を震わせて響く低い雷鳴《らいめい》があとに続く。

不意に、カイは冷たい風を頬《ほお》に感じた。冷たく、だけど清い心地《ここち》。視線はその風が現れたほうへと向く。

すると、見た。

闇空から真っ直ぐ宿坊《しゅくぼう》へ、光が落ちた。

その様は一瞬、天下《あまくだ》る竜のように映った。

落ちた光は淡く飛び散り、古びた宿坊をぐるりと包んで更に輝く。

「な………ッ」

カイは息を呑《の》み、同時に走り出す。

否《いな》、二歩進むなり大きく前へ跳ぶ。摩多羅からの足払い攻撃を素早く避けたのだ。けれど彼は律儀《りちぎ》に立ち止まって振り返る。

何か、まだ話があるのか。

そう言いかけた瞬間、またあの雪が舞う。

それが隙《すき》となった。

「カイは、ちょっとココで一休みしてて」

すっ、と伸ばされた華奢《きゃしゃ》な腕。

その指先から光がほとばしる。気づいたカイが身構えたときは、既に遅かった。視界は闇色から白、銀色。そして次に瞬いたとき、彼は道の端にある杉の幹に縛《しば》りつけられていた。胸から胴にかけて巻きつき、体の自由を奪っているのは緑の蔦《つた》。どんなに力を入れても千切《ちぎ》れない強化蔦だ。

「おいコラちょっと待て！　どういうことだ!!」

「どーもこーもソーいうこと。ま、平ちゃんのお母様の護衛はワタシに任しておきなよ♡」

邪悪《じゃあく》なまでに愛らしい抑揚《よくよう》と、少年らしい爽《さわ》やかな微笑。

それを残すなり、テンはさっさと踵《きびす》を返した。足は、たしかに宿坊のほうへと駆けて行く。

が、カイは全くもって納得がいかない。

「任せろって……待て！　ふざけんな！」

自由な足で、杉の根元を力の限りに蹴《け》る。幹がミシリと軋《きし》んだ。カイは驚いて頭上を振り仰《あお》ぐ。見れば、空に近い場所で枝がユラユラ不安定に揺れていた。

きっと、もう二蹴《ふたけ》りもすればこの木は根元から折れる。

しかしこの杉はこちらの身長の十倍はありそうな大木。折れたら折れたで幹の下敷きとなり潰《つぶ》されることは確実。無事だったとしても、幹を背負ったまま歩きだす訳にもいかない。そもそもこんな立派な木を一身上の都合で蹴り倒したのでは、吉野山の神仙《しんせん》より罰《ばち》が下りそうだ。

いや、要はそのすべてを見越して縛りつけていった、としか思えない。

（あ、あのやろう……ッッ）

ギリギリと歯嚙《はが》みしつつ、なんとかならないものかと必死に身じろぐ。幹を後ろ手に抱き込むように後ろへ回っていた腕を前へ持ってくることには成功したが、それから先がまた動けない。蔦《つた》をきつく握り、上下左右に引き千切《ちぎ》ろうとしたが、皮膚《ひふ》がキリキリ痛むばかりだ。

（こうなったら）

摩多羅の剣で縛《いまし》めを断つ、か。そう考えつくなり、両方の手のひらを胸の前ほどに翳《かざ》す。

だが自分の手を見た瞬間、意識は別のところへ飛んだ。

呼吸《いき》が止まる。

時間も止まる。

息苦しさを覚えたころに、ようやく頭が回りだす。

（……どうして）

これほど鮮明に記憶したのか。自分でも、甚《はなは》だ不思議だ。

『だって。まだ三百七十年しか経ってないじゃない』

『そんな時間、私たちには一炊《いっすい》の夢みたいなものよ』

先程聞いたその言葉と、引き剝《は》がした手の感触。それらを、鮮やかなまでに覚えている。

無理やり剝がした手は、細かった。

女童《めのわらわ》の姿をしているときは、年相応の骨の造りと柔らかさがある。だけど少年の姿をしたテンの手首や腕は、やけに華奢《きゃしゃ》だ。肉付きが薄すぎる。いつもの調子で力を込めて剝がしたとき、握った手の骨が折れるのではないかと一瞬、本気で焦《あせ》った。

だから台詞《せりふ》を憶《おぼ》えたのか。

耳の奥には、声が張りついている。

耳や手に強く刻まれた違和感から、何度も言葉が繰り返される。

『そんな時間、私たちには一炊の夢みたいなものよ』

声は低くて、確かに「少年」だった。

けれど口調は普段の「少女」だった。

あれは、わざとそのように喋《しゃべ》ったのか。

人の常識など通じない「神」として。

それとも、本人も気づかないうちにそうしていたのか。

(それと)

ふとした拍子《ひょうし》に現れる幻《まぼろし》の雪は、あの眸《め》にも映っているのだろうか。

テンの性格からして、気づいていたとしても何も言わなかった、という可能性もある。

(……雪)

以前、テンは雪が嫌いだと言った。雪がたくさんあるから冬という季節も嫌いだ、と。

その理由は、未だ知らない。

どうせマトモに答えてはくれないだろうと思い、訊《き》いてみたりも特にしなかった。

そうやって適当に流していたことを今、また少し悔いる。

雪、氷。

水に連なるそれらは隔《へだ》たりをもたらすモノだと、カイは思う。

流れる川は彼《か》の岸と此《こ》の岸、黄泉《よみ》と現《うつつ》を分ける。

滔々《とうとう》と流れゆく水が日々の穢《けが》れ、今生《こんじょう》への未練を断ち切る。

水は境界線。

(あの雪は)

人ならぬ身の自分と神たる者の間に横たわる「時差」を示すかのように、舞う。

三百数十年もの時間を「一炊《いっすい》の夢」と呼ぶことなど、自分にはできない。

「…………」

開いて翳《かざ》していた両手を、強く結ぶ。爪《つめ》は草の汁で染まっていた。蔓《つる》へも、少しは傷がついていたのか。だったら、とカイはまた両手で縛《いまし》めを鷲摑《わしづか》んで縦横に引っ張る。が、切れない。

やっぱり摩多羅の剣を使うべき、か。

だけどここに縛《しば》りつけていった神から授かったもので脱出を図る、というのは無性《むしょう》に悔しくてなかなか実行に踏み切れない。だが、足止めをくらっている場合ではない。

宿坊《しゅくぼう》にいる景虎の母御前《ははごぜ》も心配だが、景虎のことも気がかりだ。

（いま吉野を騒がせているのが義高……マナだっていうのなら）

それを探しに行くことは、とても危険ではないか。

それでなくとも、今の彼は情緒不安定だというのに。

「〰〰〰〰〰〰〰〰っ、ああ、ったく!!　チクショウ、あンのオニアクマ!!」

腹いせに口汚く罵《ののし》った、直後。

……さく　ざく
不意に、杉の木の後方で土を蹴《け》るような音がした。

地獄耳の神から仕返しの何かがやってきたのかと、カイは首を伸ばしてそちらを見やる。

そして驚いた。

「おまえ……？」

☆

中千本の一角にある古びた宿坊《しゅくぼう》は、いまだ淡い光に包まれている。チカチカ閃《ひらめ》くその色は白、ときに青、ときに虹《にじ》色。それは星というより天《あま》の川《がわ》のような輝きだった。

けれどそれは人の目には映らない。

人の身に届くのは、山の異変。繰り返し訪れる雷鳴《らいめい》と地震の揺らぎ。そして地を這《は》うようにして流れていく風。

五瀬は簀子縁《すのこえん》へと出て、じっと目を凝《こ》らして闇色の景色を見つめる。

「……いったい、これは何事か」

「まあイロイロとさ」

「!?」

急に真横から返ってきた声に、五瀬は目を剝《む》く。左手に持っていた守り袋の中でシャララと翡翠《ひすい》たちが鳴いた。

欄干《らんかん》に手をつき、軽く身を乗りだすようにして立っているのは、少年山伏《やまぶし》。呼び名は互いに知っていても、直《じか》に言葉を交わしたことはまだない。けれどいま不思議なのは、少年がいつの間にそこへ現れたか、ということ。呟《つぶや》きをこぼす前まで、五瀬はたしかに一人でいたのだ。

「この宿坊《しゆくぼう》は、とても安全な場所だよ。なんたって竜神《りゆうじん》様のチカラに守られてるから」

「………そなたはもしや、軒猿の者か?」

五瀬の顔が僅《わず》かに強張《こわば》る。緊張のあまり、何を話しかけられたのかはわかっていない。いや、警戒するあまり、言葉に耳を貸さなかったのか。

「ちがうよ」

くすぐったがるようにテンは淡く笑う。髻結《たぶさゆ》いにした髪が風で微《かす》かに揺れた。

そのうなじから細い指が入り、結った髪をぐしゃりと崩《くず》す。元結《もとゆい》の緒《お》が解けて肩の上に落ち、それを指がつまみあげた。

白単衣《しろひとえ》の背へと流れた髪は、瞬きひとつの間に膝裏《ひざうら》まで届く長さへ変わった。

五瀬はただ息を呑《の》む。

守り袋が、床板の上へ落ちる。

口を結ぶ紐《ひも》が緩《ゆる》くなっていたのか、翡翠の珠《たま》が幾つか辺りに散らばった。

「落ちたわよ」

そう言ってテンは袴《はかま》の裾《すそ》を軽く捌《さば》き、身をかがめて守り袋と翡翠を拾う。

五瀬は、その場に膝をついて深く頭《こうべ》を垂《た》れた。

「……飯綱権現様《いづなごんげん》！」

「それもハズレ」

テンはまた笑って、守り袋を五瀬の手へ返した。

触れ合った指の感触に驚いて五瀬はゆっくりと顔をあげる。

指先は、冷たい。ひんやりとしていた。だけどやさしかった。

「……あなた様は、いずれの神仏にあられますか」

「そうねぇ。『愛染明王《あいぜんみょうおう》』の御使者《おつかい》、とか」

その言葉に五瀬は「あっ」と小さく悲鳴をあげる。過剰《オーバー》な反応にテンは軽く肩を竦《すく》めて、

「ての冗談ね。まあ、わざわざ詳しく名乗る必要はないわ。それより」

「……『それより』？」

「女同士、積もる話でもしましょうよ」

赤い唇を艶《あで》やかに歪《ゆが》めて、にっこりと笑う。

五瀬は、言葉を失う。

大きく見開いたその眼からやがて、あたたかな雫《しずく》が溢《あふ》れ出て、こぼれる。

「あ……あぁ……ッ」

瞼《まぶた》を伏せ、俯《うつむ》き、二度ほど首を振る。声を押し殺して泣き伏す。

そこに越後国主《こくしゅ》の生母《せいぼ》、武家女などという肩書きは存在しない。

その頭と背中を摩多羅が抱きしめ、支えた。

少年から少女へ変わった唇は、歌う。

吉野山
　峰《みね》の白雪《しらゆき》踏み分けて
　　入《い》りにし人のあとぞ恋しき

しずやしず
　しずのおだまきくり返し
　　昔を今になすよしもがな……

それは昔、九郎判官義経の愛妾《あいしょう》だった白拍子《しらびょうし》・静御前《ごぜん》が歌った詞《ことば》。笙《しょう》の音色のように高く澄んだ声が歌うそれを聴いて、五瀬はほう……と小さく息をつく。それから袖《そで》で濡れた頬《ほお》と目尻を拭《ぬぐ》い、ゆっくりと身を起こす。

赤く潤《うる》んだままの眼が、真っ直ぐ神を見る。

そんな眼差《まなざ》しまで、景虎と五瀬はよく似ていた。

「あなた様は、ご存じであられるのですね。この五瀬と、虎千代、そして……晴景《はるかげ》様の罪を」

「知っているけど、あたしは、別に『罪』だなんて思わない」

「……ですが！」

異《い》を唱えた唇は、すぐに声を失う。溢れたのは言葉よりも涙。守り袋を握りしめた両手はがくがくと震えていた。

テンは五瀬をじっと見つめたあと、急に視線を外へ向ける。

「懐かしいわね」

「……？」

「あの日も、こんな夜だった。――とても暗くて、空は何度も光ってゴロゴロ唸《うな》っているのだけど、雨はなかなか降り出さなくて、とても不気味な夜」

「そ……」

五瀬の手から力が抜ける。

膝《ひざ》の上に落ちた袋から翡翠《ひすい》の珠《たま》がバラバラとこぼれ出した。床で撥《は》ねて、欄干《らんかん》の外へ転がっていくものもある。だけど五瀬もテンも拾い集めようとしない。二人とも動かない。

ただひとつ袋の中に残ったのは、愛染明王《あいぜんみょうおう》の梵字《ぼんじ》が刻まれた珠。

かつては数珠《じゅず》であった美しい石たち。

それは昔、同じ罪を分かち合う者から贈られたもの。

「……ええ、そうです」

五瀬はもはや涙を拭《ぬぐ》うことなく告白する。

「私と晴景様が契《ちぎ》りを結んだのは、たしかに、このように空の荒れた夜でございました」

☆

足音の主《ぬし》は、狩衣《かりぎぬ》を纏《まと》った幼子。

宿坊《しゅくぼう》にいるはずのアラヤだった。

「おまえ……なんで、ここにきた？」

「んとね、探してるから」

カイの正面まで回ってきて、アラヤはにこりと笑う。

否《いな》。

その精神《こころ》は既に「神の眷属《けんぞく》」ではなく、源頼朝の大姫君《おおひめぎみ》のものだ。体の内に収めている剣が不思議に鳴くので、カイにもそのことがハッキリとわかった。

だから、どの名称《なまえ》で呼べばいいのかと迷う。

「……とりあえず、この蔦《つた》、切れるか？」

「ん？　いいよ。簡単」

えい、という掛け声とともに狩衣の袖《そで》が蔦に触れる。その瞬間、カイは杉の木から解放された。恐ろしい程にあっさりとした手際だ。拍子《ひょうし》抜《ぬ》けして、彼はずるずると根元に座り込む。

「ね、どうしたの？」

傍《かたわ》らでアラヤが膝を抱えるようにしてちょこりと座り込む。

「どうした、って……。お前こそ、なんでここにいる？」

「探してるの」

「……『義高』なら、平三のやつが探しに行ったぞ」

「よしたか、さま」

声のトーンが変わる。ふわふわ綿毛《わたげ》のようだった印象が消えて、急に低く響いた。直接口にしてはいけない名前だったかと、カイは軽く悔いた。

その彼の顔を間近でジッと見つめたあと、アラヤは杉の大木を振り仰《あお》いだ。

正確には、その枝の向こうにある空を。

「あのね。こういう夜だったの」

「？　なにがだ？」

「義高様が行っちゃったときも、こんなお空の夜だったの」

「――――」

だからか、とカイは身を震わす。ビリビリと痺《しび》れるようなそれは、摩多羅の剣が発したものだろうか。

(……わかる)

剣が、鳴いている。自らを内より外へ放て、と訴えてくる。だけど今は無視する。そして知らせてくれたことに感謝する。

マナが「源義高」へ変じたのは、吉野山が抱く過去の匂《にお》いのため。

そしてアラヤは。

「大倉《おおくら》の御所《ごしょ》にはわたしと、母上様と、テン様がいて。父上様もいたけど、わたしたちと一緒にはいなくて、九郎叔父《おじ》様の相手をなさっていたの」

大倉の御所とは、今でいえば京・室町《むろまち》の「花の御所」。すなわち将軍の暮らす邸《やしき》のこと。

「父上様や叔父様たちへお酒を運んでお御馳走を振る舞って、とても賑《にぎ》やかに騒いでいらしたの。……お空から鳴神《なるかみ》のお声がゴロゴロ、何度も聞こえてきた」

幼い――――幼いままの唇は、訥々《とつとつ》と語る。

そう。

源頼朝の大姫は、自ら精神《こころ》の時間を止めた少女。

一族と時代が複雑に絡《から》みあった政略の下に散った義高を想い、けれど父頼朝や時代を憎むこともできず、幼いまま眠りについた魂魄《たましい》。

「義高様は、その夜、北へ行ったの。でもまた戻ってくるから、探さない。待ってる。また会えるって、テン様が約束してくれたもの」

「じゃあ」

「わたしが探してるのはね、わたしの、遠い遠い弟」

「……弟？」

カイは思わず繰り返した。

この上もなく清く澄んだ大きな瞳が、空からゆっくりと帰ってくる。

「そう。わたしの、おとうとよ」

姫はやわらかに笑った。

「わたしの遠い遠い弟が、近くにいる。それがわかる。嬉《うれ》しいの。だから、探して。わたしのおとうとを探してほしいの」

嬉々《きき》として紡《つむ》ぐその声に、言葉に、偽《いつわ》りはない。微塵《みじん》たりともないと、分かる。

だけどカイはまるで意味がわからない。

九郎判官とその臣、そして静御前《ごぜん》は吉野に足跡《そくせき》を残しているが、頼朝の子息《しそく》たちがここを訪れたことなどあっただろうか？

「ねえ。一緒に探してくれる？」

「……わかった」

頷《うなず》くと、姫は本当に嬉《うれ》しそうに微笑《ほほえ》んだ。

遠くでまた、空が唸《うな》った。

其之四　夢路《ゆめじ》の涯《はて》

出会いは、とても奇妙なものだった。

少女は十五にして既に一児の母だった。

謡曲《ようきょく》に曰《いわ》く、人生は五十年。十代で父や母となることは、別に珍しくはない。

だから少女が乳飲《ちの》み子《ご》を抱いて城へ入ったとき、周りは特に驚きはしなかった。

周りはむしろ、白皙《はくせき》の美少女を幼妻《おさなづま》として迎えた城主を羨《うらや》んだ。

けれど本人たちと重臣らは知っていた。

越後守護代《えちごしゅごだい》・長尾為景《ながおためかげ》が正室に娶《めと》った少女は、栖吉《すよし》長尾家の姫。

それは為景が姫に惚《ほ》れたとか、姫が為景でなくては嫌だと拗《す》ねて結ばれた縁ではない。

越後守護代長尾氏が一族の結束を強めるため、豪族出身の国人衆《こくにんしゅう》が多い越後を速《すみ》やかに治めるための婚姻《こんいん》。

そして何より為景と栖吉長尾氏の、お互いの利害関係が一致しての政略結婚だった。

北国生まれらしく色白で、しかもきりりとした面立《おもだ》ちの少女の名前は、五瀬《いっせ》。

五瀬が為景へ嫁《とつ》ぐことは、随分《ずいぶん》と前から決まっていた。五瀬の歳《とし》が整ったころに嫁ぐ予定でいたが、国中が何かと騒がしくなり、為景は戦場へ赴《おもむ》くことが多かった。だから、正室として為景の城へ迎える前に、為景が五瀬の住む栖吉城のほうへ通ってきていた。

そして――――孕《はら》んだ。

為景と二十歳ほども離れた少女の五瀬ではなく、為景と歳の近かった城の侍女《じじょ》が、新しい命を身ごもった。やがて産まれたのは……男児だった。

侍女は「姫君に申し訳ない」と言い、短刀で自ら首を突いて果てた。

五瀬は、侍女が産んだ子を腕に抱いて婚家《こんけ》となる城へ入った。

その赤子は栖吉城にいた頃に為景が五瀬との間にもうけた子だと、周囲には知らせていた。

そうすることで五瀬の父や兄は、為景の「名誉《めいよ》」を守った。

代わりに、いずれ五瀬が産んだ男児を世継《よつ》ぎにする約束を取り付けた。

その「取引」に、五瀬の意思などはまるで関係なかった。

戦国乱世の武家に於ける婚姻《こんいん》は、総じて政略がらみ。情によって結ばれた女が名のある武士《もののふ》の正室となることは、夢物語のようなもの。好きあった仲は「寵愛《ちょうあい》」だとか「愛妾《あいしょう》」という言葉で括《くく》られる。

武家の女として生まれたからこそ、五瀬は至極醒《しごくさ》めた気分で嫁いだ。

そして、自害した侍女を心から悼《いた》んだ。

彼女の身分であればきっと、生まれた子を自らの乳で育てられただろうに、と。

名も実《じつ》もある武士の正室となった女は、最初の男児を自ら育てることが出来ない。

武家に生まれ、武家に嫁ぐ女など虚《むな》しいもの。

五瀬は、色も恋も知らないままに守護代《しゅごだい》の妻となった。


「……そのときの赤子が、晴景《はるかげ》様にございます」

体が冷えてしまうから、と部屋の内に誘われた五瀬は、ぽつりぽつりと己のことを語った。

俯《うつむ》き気味で、表情も袈裟《けさ》の陰に隠れてよく知れないが、少しずつ綴《つづ》り、打ち明けていくその言葉はとても纏《まと》まっていた。

テンはほとんど口を挟《はさ》まず、ただじっと話を聞いていた。

「嫁いだ翌々年に、ようやく私も身ごもりました。産まれたのは男児。私の実家の者たちは喜々《きき》としました。ですがその子は、三歳にもならぬうちに病《やまい》で果てました」

それから三年ほど経って、また五瀬は男児を産む。けれど死産だった。

為景の長男である晴景は、命こそ無事だが、病がちでしばしば床《とこ》に伏せる。

城内では、世継ぎを心配する声がヒソヒソと囁《ささや》かれだした。

そんな中、五瀬は長女を産んだ。

「あれは本当に元気で……健《すこ》やかな子が生まれたことを、為景様は喜んでくださいました。だけど同時に哀しみ、悔いてもいました」

「元気に生まれたのが、どうして男児ではなかったのか、って？」

当時のことを思い出したか、「はい」と頷《うなず》く五瀬の声は暗い。

「その子は虎千代《とらちよ》の姉。今は上田《うえだ》長尾家に嫁《とつ》ぎ、ふたりの男児とひとりの姫をもうけました。……ですが、あの子が生まれて間もない頃の城内の目はやはり、辛《つら》く厳しいものでした」

役に立たぬ胎《はら》。いっそ石胎《うまずめ》のほうが見切りをつけられて潔《いさぎよ》い。そんな中傷を暗に投げつけられようと、五瀬は唇をぐっと引き結んで耐えた。耐えるより他になかった。

国情は不安定で、為景は戦《いくさ》続き。だから皆は不安になり、そんなことを言うのだ。これは仕方のないこと。そして男児を産めない自分も確かに悪いのだ——。

叫びたい、泣き崩《くず》れたい自分を押し殺して、五瀬は必死に耐えた。

そんな暮らしの中で。

「唯一、私の味方をしてくださったのが、晴景様でした」

『母上、申し訳ありませぬ。この晴景が病弱であるために、母上までもが皆から口さがなく言われておる。本当に、申し訳ありませぬ』

『いいえ。……いいえ、お気になさらずに。口さがなく言われるのは、この五瀬自身に責があるのですから』

『ですが……』

『晴景様はお優しいですね。この五瀬とはなさぬ仲であるのに。……私が幼すぎて何も気づけないでいたから、あなたの母君を助けることが出来なかったというのに。そのことこそ、私はあなたへ謝《あやま》らねばなりません』

『………………』

『晴景様？』

『五瀬殿は、なにも悪くはありませぬ』

『……晴景様？』

『晴景は、父が憎うございます』

『な……なんということを申されますか！　どうか慎《つつし》みなさいませ！』

『いいえ』

『晴景様！』

『私は、長尾為景が憎うございます』

五瀬と晴景は、十四歳違いの母と子。

たった十四しか違わない義理の親子。

晴景は長《ちょう》じても自らの病弱さを理由に、なかなか妻を迎えようとしなかった。

「……気づいていたのでしょう？」

「はい。互いのことであれば、気づかずにはおれませぬ。ですが気づいたところでどうしようもございませぬ。……想いあったところで、それから、何になりましょう」

「でも、触れてしまったのでしょう？　――こんな夜に」

「……はい」

五瀬は瞼《まぶた》を静かに伏せる。その睫毛《まつげ》のしたからつぅ……と透明なしずくがこぼれた。

二十八年前の、ある嵐の日。

何度も弾ける雷と激しい海鳴りで眠れず、五瀬は習字《てならい》などをして過ごしていた。

城仕えの女たちが詰める奥殿《おくどの》の寝所《しんじょ》に、夫・為景の姿はない。

侍女《じじょ》たちは自らの部屋に下がっていて、ふと風がやむと、嬌声《きょうせい》が微《かす》かに聞こえてくることもあった。

それを、五瀬は羨《うらや》ましいと感じた。

「このように荒れた夜のとき、傍にいてくれる者がいること。そのことを、本当に、心から羨みました」

「………」

「そのように思うていたからでしょう。私の耳に、魔物が憑《つ》きました」

灯台《とうだい》の明かりの下で習字を続けていると、ふと、聞いてしまった。

悦《よろこ》びに啼《な》く女が「御実城様《おみじようさま》」と口走るのを。

そしてそれを咎《とが》める――聞き慣れた男の声も。

五瀬は、筆を取り落とした。

気がつけば硯《すずり》も墨壺《すみつぼ》も文机《ふづくえ》から叩き落とし、灯台さえ倒していた。

油が少なかったので、火は床を少し焦《こ》がしただけで消えた。

寝所は暗闇に包まれた。五瀬の心もまた、深い闇に覆《おお》われた。

外は、嵐。雷と風と海鳴りが激しい真夜中。けれどそんなことをすべて忘れて、五瀬は激しく泣いた。目も喉《のど》も何もすべて壊れて溶けていくかというほどに泣き喚《わめ》いた。

だから、わからなかった。

いつの間にか、傍に晴景がいた。

最初に触れ合ったのは、指先。

次に絡《から》まったのは眼差《まなざ》し。

そこで出会った二人は十五の少女と乳飲《ちの》み子《ご》ではなく、いわんや義母と子でもなく、花盛りを少し過ぎた女と十八の青年。

五瀬は、夫が目と鼻の先で別の女と戯《たわむ》れあっていることを知っていた。

晴景は、父親がこの奥殿を訪れていることを知っていた。

秘め続けた想いは、堰《せき》を切った。

もはや六道《ろくどう》の何処《どこ》へでも堕《お》ちてみせようと、肌を焦《こ》がした。

闇《くら》い夜の片隅《かたすみ》にいる自分たちはこの世の涯《はて》に辿《たど》り着いたかのようにも思えて――――。

嵐の去る夜明けまで、何度も、何度も求めあった。

深く深く触れたのは、後にも先にもその一夜《ひとよ》限り。

「そののち、為景様が私の寝所《しんじょ》へ通われてきたこともありました。ありましたけれど、女ですもの。自分の胎《はら》に宿ったもののこと、私にはハッキリとわかっておりました」

「……そうね」

頷《うなず》いて、テンはじっと瞼《まぶた》を伏せる。

「女だったら、授かり、宿った命のことはわかるわ」

「ええ」

嵐の夜から数えて十月《とつき》。

春日山城《かすがやまじょう》で「虎千代」が生まれた。

父親は晴景だった。

☆

「そっち、だめ」

袖《そで》を思いきり引っ張られて、カイは立ち止まる。

大姫《おおひめ》はその彼をじっと見上げてイヤイヤと首を振る。

「そっちは駄目。わたし、別のほうに行きたい」

「別、といっても……じゃあどっちだ」

「そっちとは違うほう」

ある意味、それは非常に正しい回答。けれどカイは困って細く息をつく。

先程から、カイと大姫は同じところをぐるぐると回っている。別にそうしたくてやっているわけではなく、どんなに歩いても件《くだん》の杉の木の前に戻ってきてしまうのだ。なのでカイはいっそ宿坊《しゆくぼう》へ戻ろうとするのだが、大姫は「嫌だ」と頑《かたく》なに言い張る。

頼朝《よりとも》の大姫がいう「遠い弟」。

あまりにも引っかかりを覚える言葉なので、探すのに付き合うとはいったものの。

（さっぱり、わからねぇ）

居所より何よりまず、姫の言葉が指す者が「誰」であるのかが分からない。

頼朝の男児は、歴史書の記す限りでは四人。

伊豆の流人《るにん》時代に出会った姫君ともうけた、千鶴丸《ちづるまる》。

正室《せいしつ》……『北の方《きたのかた》』である北条政子《ほうじょうまさこ》が産んだ鎌倉《かまくら》二代将軍・頼家《よりいえ》と、三代将軍・実朝《さねとも》。

そして、大倉御所に仕える女性《にょしょう》との間にもうけた、貞暁《ていぎょう》。

姫の兄と三人の弟——いや、姫と姫の妹にしても、みな早世《そうせい》している。頼朝の孫にあたる者もいたが、やはり早世した。

鎌倉幕府初代将軍・源《みなもとの》頼朝。

東の覇王《はおう》となった者の血は未来へ残らず、すべて絶えている。

多くの血の犠牲《ぎせい》の上に新しき王城を築いた報《むく》い……呪いであるかのように。

（……いや）

頼朝は、己《おのれ》の血の未来と引き換えに新しき王城を築いたのか。

戦国乱世の現代《いま》に生まれ落ちたカイには、わからない。

「なあ、……大姫君」

「ん？　なぁに？」

「その……『弟』の名前とかは覚えてないのか」

「んー？　しらなーい」

「なんでだ？」

「だって、わたしが御所《ごしょ》からいなくなったあとに生まれた『弟』だったから」

いなくなったとは、つまり、死んだ後ということか。そうすると「誰」だ。カイは懸命《けんめい》に記憶の巻物を広げた。だが思い当たるフシがない。

否《いな》。

（……誰だ!?）

三人の弟はいずれも、大姫が生きている頃に生まれている。

こうなれば。

「やっぱり、宿坊《しゅくぼう》へ戻るぞ」

答えが得られるかどうかは分からないが、テンに訊《き》くしかない。大姫をひょい、と肩に乗せて、カイは闇の濃い細い小径《こみち》を歩きだした。

「いや！　ダメ！　やだ!!」

「てててててっ」

小さな手から容赦《ようしゃ》なく頭を連打される。けれど普段、さらに容赦ない腕力を誇る神から鍛《きた》えられているカイは少しも痛くない。歩く速さはむしろ上がる。連打の手が拳《こぶし》へ変わったが、それでもカイは止まらない。

そうすると、姫はとうとう静かになった。

「アラヤ――じゃない、大姫君？」

つい立ち止まる。

その視界の端がぐらりと奇妙に揺れた。勘《かん》の訴えるまま、カイはそちらを見る。

そして唖然《あぜん》とした。

すぐそこにぼんやりと見えていたはずの宿坊《しゅくぼう》が、ない。

傍《かたわ》らには、杉の大木。

また道が最初に戻っていた。

「……………大姫君？」

「だめ」

黒衣の肩に乗り、頭にしがみついた幼子は今にも壊れそうな細い声で言った。

「ごめんね。ごめんなさい。わたし、わからない。わからないの」

「大姫君？」

「父上様の血を継いだひとが近くにいる、って。わたしの遠い遠い弟が近くにいるっていうことはわかるのに、それ以上のことが、わからない。懐かしくって、嬉《うれ》しくって、すごく会いたい。探したいけど、探せない。ごめんなさい」

「いや——謝《あやま》ることは、ない。謝るな」

それよりも、とカイは大姫を下ろす。そのまま膝《ひざ》をついて視線の高さを合わせようとしたが、それよりも早く姫は彼の左腕に抱きついた。

「戻るのは駄目。あそこへ戻ったら、カイはテン様へ訊《き》くんでしょう？　だから、駄目」

「どうしてだ？」

「テン様は、知ってるから」

「だったら」

「だから駄目なの！」

腕に抱きつく、というより、もう「しがみつく」といったほうが正しい。それほど必死に大姫は彼をここに留めようとしていた。だからカイはとうとう一歩も動けなくなった。

見上げた空は、ただただ暗い。

吉野山《よしのやま》は聖域、神仙の棲《す》まう処《ところ》。

だが白と青の閃光《せんこう》も雷鳴《らいめい》もない今のここは、更なる異界に迷い込んでしまった気分だ。

己《おのれ》の内に巣くう混沌《こんとん》とした迷いそのものの、世界。

「ダメ。駄目。テン様に訊いては駄目。だって母上様が泣くもの。母上様が、また泣いてしまうもの。泣いて、泣いて、嫌いでもない憎くもないテン様を撲《ぶ》って、もっと泣いてしまう。だから駄目！」

「なん――――」

大姫の母・北条政子が、あの摩多羅《またら》を撲った？

どういうことだ、とすぐに訊き返そうとした。だが。

「……………あっ」

姫が急に顔をあげて、小さく叫ぶ。その視線の先をカイも追う。

背の高い、杉の木。

その傍《かたわ》らに、青白い光が浮かんでいた。

青白い光を淡く放つ人影が、そこに佇《たたず》んでいた。

堅固《けんご》な鎧《よろい》を纏《まと》い、右の腰には矢筒《やづつ》、左の腰には太刀《たち》、手には弓《ゆみ》。兜《かぶと》はなく、印象的なのは情の強《こわ》そうな眼と、背中へまっすぐ流れた長い黒髪。

それは、間違いなく女武者。

カイは何度も瞬きつつ、女をジッと見る。

瞬くたび、瞼《まぶた》の裏をよぎるのは杉の幹に絡《から》んだ竜の姿。

「……まさか」

ゆっくり口を開くと、大姫が左手を両手でギュッと握ってきた。それは骨が砕けそうなほどの強さ。けれどもカイは心に浮かんだままの名前を躊躇《ためら》わず唇に乗せた。

「あなたは、巴御前《ともえごぜん》か？」

朝日将軍《あさひしょうぐん》の愛妾《あいしょう》であり、木曾《きそ》に棲《す》まう竜神《りゅうじん》の娘。

女武者は、紅《べに》を刷《は》いていない唇を笹舟《ささぶね》の形に崩《くず》す。そして、黙って弓をスイと翳《かざ》した。

真っ直ぐに張った弦《つる》が夜闇を一閃《いっせん》すると、その切り口からチカチカと光が舞った。

その弓の先が、黒衣にしがみついた幼子の額を軽く突く。大姫は操《あやつ》り糸の切れた傀儡《くぐつ》人形のようにその場に崩《くず》れ落ちた。カイは驚いて目を剝《む》く。

『行きや』

女にしては低い、だけどよく通る声。

竜神の娘は弓を左手に持ちかえ、右手で太刀を抜く。現れた刃《やいば》が虚空《こくう》を一閃した。

景色を覆《おお》う闇が、まるで霧のように四方に散る。

『行きや』

もう一度、促される。

『その姫が知っておること、あの姫神《ひめがみ》が知ること、そなたも知らねばならぬ縁《えにし》のよう。さ、行きや。あの神が元へ早《はよ》う向かいやれ』

「…………」

カイは驚き顔のまま、女武者を見据《みす》える。

なぜ、巴御前が現れたのか。

巴は義仲《よしなか》の愛妾《あいしょう》だったが、義高《よしたか》の母親は別の姫君だ。そしてここにいる「姫」は、義仲を討てと九郎判官《くろうほうがん》へ命じた頼朝の娘。

何故《なぜ》、どうして。細かいことは、さっぱりわからない。

だからこそ。

「——とにかく、礼を言う！」

カイは一度深く頭を下げ、大姫を腕に担《かつ》いで走り出した。

耳の傍で風が唸《うな》る。足がきちんと土を蹴《け》っているのがわかる。やがて、ぼんやりと灯る明かりが見えだす。それは紛《まぎ》れもなく宿坊《しゅくぼう》の灯。自分の目に映る景色は正しいのだと実感した。

杉の大木から足音が遠ざかるにつれ、女武者の姿は薄れてゆく。

『……これで昔年《せきねん》の借りは返したぞ、姫神《ひめがみ》』

その言葉が、影の最後。

低い声の余韻《よいん》は小さなウロコとなり、きらりきらりと淡く光りながら夜に溶けた。

最初にハッキリと見えたのは、下ろされたままの蔀《しとみ》と欄干《らんかん》。

軽く息を切らしながら、カイは階《きざはし》のある正面へ回ろうとした。

けれど、途中で足が止まる。

景虎《かげとら》の母御前《ははごぜ》——五瀬の声が、彼の耳に鋭く突き刺さった。

「私が観音菩薩《かんのんぼさつ》に帰依《きえ》したのは、己《おの》が罪を悔いるため。幼い虎千代が天室光育和尚《てんしつこういくおしょう》が元へ預けられたのは、為景様が、虎千代を御自分の子ではないと悟《さと》ったが故《ゆえ》でございました」

☆

夜の逢瀬《おうせ》はただの一度きり。

なのにどうしてそのことが為景の耳へ入ったのか。

考えるに、それはきっと、嵐の夜に為景の相手をしていた侍女《じじょ》から。真偽《しんぎ》の定かではない噂話《うわさばなし》を交わすことは、奥殿《おくどの》に仕える女たちの特技であり特権だ。

そして噂話に真実味を加えたのは、産まれた男児……虎千代が健《すこ》やかに成長したゆえ。

為景から真相を問い詰められたとき、五瀬は、是《ぜ》とも否《いな》とも答えなかった。いや、答えられなかった。

だが晴景は、問い質《ただ》しをいともたやすく肯定した。

「為景様は大層お怒りになられて……我が栖吉一党との約束も無きものとして、虎千代を林泉寺《りんせんじ》へやってしまったのです」

「約束を反故《ほご》にされた栖吉のヒトたちは怒らなかったの？」

「私が、皆を静めにまいりました」

「で、静まったの？」

「…………」

鋭く素早く切り返され、五瀬は軽く黙る。けれどすぐにテンをじっと見て答えた。

「『弾正殿《だんじようどの》が守護代《しゆごだい》となられたところで、国が落ち着くはずもない。そうなればいずれ虎千代へお鉢《はち》が回ってこよう』……虎千代が寺へ預けられた事情など知らぬ私の周りの者たちは口々にそう言いました。そして春日山の動向を拱手傍観《きようしゆぼうかん》しようと決めたのです」

「弾正殿、というのは晴景のことね？」

「はい」

「その弾正殿《だんじようどの》は、父上様から『お咎《とが》め』を受けなかったの？」

「……あの方には」

五瀬は柳眉《りゆうび》をきつくひそめて、

「晴景様にとっては、家を継がされることこそが何よりの責め苦でした。常に人の目に晒《さら》され、風聞《ふうぶん》に晒され、一挙手一投足《いっきよしゆいっとうそく》すべてが批評の種。決して己《おのれ》の所為《せい》だけとは言い切れないお体の弱ささえ、揶揄《やゆ》の対象。晴景様に『御実城《おみじよう》』は、ただの針《はり》の筵《むしろ》でございます」

五瀬は、感情をこめた抑揚《よくよう》で喋《しやべ》ることはない。だけどときおり一息に言葉を募《つの》らせる様《さま》が、内に宿る激しさや想いの強さを物語っていた。

それがわかっているから、テンは素直に言う。

「晴景があなたとのことを喋ったのは、自分が廃嫡《はいちやく》となることを狙ったからじゃない？」

「……私も、そう思います」

それに頷《うなず》く表情までもが、生真面目《きまじめ》そのもの。そして答える言葉は、辛辣《しんらつ》。

「晴景様は武将——武士《もののふ》の器《うつわ》にあらざる男子《おのこ》」

だからこそ、彼は武家生まれの辛《つら》さ苦さをよく知っていた。五瀬はそんなところに惹《ひ》かれた。同じ痛み、同じ匂《にお》いを持つ彼を愛《いと》しく想った。

けれども、五瀬は骨の髄《ずい》まで「武家女」だった。

「為景様がお亡くなりになったとき。晴景様は『共に逃げよう』と言って下さいました。虎千代さえ国許《くにもと》に置いていけば、長尾の家は満足するだろうから、と」

「でも、逃げなかったのでしょう？」

「逃げられるはずがありません」

自らの情のために名も家も国も捨てていく。それだけであれば、選べたかもしれない。

だけど。

「晴景様との御子《おこ》の虎千代をひとり残して行くことなど……出来るはずがない」

それが、罪と恋の分岐路《わかれみち》。

五瀬の目尻に、ふっと涙が浮かぶ。

睫毛《まつげ》に払われて散ったしずくは、震える唇を濡らした。

「晴景様を愛しく思うからこそ私は、虎千代を手放すことなど出来なかった……!!」

一気に言い放つと、あとは悲鳴に似た声だけが溢《あふ》れる。恥も外聞《がいぶん》も何もかも捨てて、思うままに泣きじゃくった。

それはまさしく、二十八年前の嵐の夜の再現。

けれど、触れてくれる愛しい手はもうここにいない。

何処《どこ》にもいない。

晴景は三年前の春、黄泉路《よみじ》へ旅立った。

その年の秋、上洛《じょうらく》した景虎は高野山《こうやさん》で受戒《じゅかい》して僧体《そうたい》となった。

「あなたが持ってた、翡翠《ひすい》の珠《たま》。……あれは、晴景から贈られたものね？」

泣き顔を袖《そで》で隠して、五瀬は頷《うなず》く。

「はい。——共に逃げ、共に生きることは叶《かな》わないと……そうお答えしたのち。寡婦《かふ》となった私が春日山から栖吉の城へ移る折、人づてに届けられた数珠《じゅず》でした」

越後には、こんな神話がある。

……古志国《こしのくに》を治める巫女王《みこおう》は賢く麗《うるわ》しく、翡翠の如し。出雲国《いづものくに》より古志を訪れた男神・大国主《おおくにぬし》はその「翡翠」をひと目見るなり、強く求婚した。

晴景から贈られた翡翠の数珠には、ひとつだけ、愛染明王《あいぜんみようおう》の梵字《ぼんじ》が刻まれていた。

愛染明王は、敬愛和合《けいあいわごう》を司《つかさど》り、破宿曜《はすくよう》——ひとやものの命運を調伏《ちようぶく》する仏。

美しい翠《みどり》の珠は、互いの恋の象徴《しるし》。

明王の梵字は、世の義理に抗《あらが》えなかった想いの証拠《あかし》と訓戒《いましめ》のように思えた。

「やがて時が流れ、虎千代が春日山の主《あるじ》となりました。そのとき、あの子と晴景様は『父子の儀《ぎ》』を交わしました。……紛《まぎ》れもなく血のつながった親子であるのに、盃《さかずき》で義縁《ぎえん》を結ぼうなど……、これほど皮肉で滑稽《こっけい》なことは他にございませぬ」

部屋の片隅《かたすみ》で、明かりがチラチラと揺れる。

木々の枝を揺らす風、空と山を覆《おお》う闇がこの宿坊《しゆくぼう》へ届くことはないが、灯台《とうだい》の火は油が尽きて今にも消えそうだ。

テンは閉じられた蔀戸《しとみど》をチラと見やって、急に立ち上がる。

「どうなされました？」

テンは「しッ」と唇の前で指を立てる。

そして。

「――――そこにいるんでしょう、カイ」

蔀戸に向かって、きっぱりと告げた。

欄干《らんかん》のすぐ傍で立ち尽くしていたカイは、突然の声に思いきり心臓がはねた。

けれど、誤魔化《ごまか》せることではない。

「………いる」

律儀《りちぎ》にも返事をする。肩に乗せていた大姫を腕に抱えなおし、彼は南面《なんめん》へと回った。

簀子縁《すのこえん》に続く階《きざはし》を昇る途中、爪先《つまさき》が翡翠の珠とぶつかる。

かつん、からら。乾いた音が微《かす》かに響いた。

テンは簀子縁へと出て、童子の体を受け取る。

その腕と指先を眺めてから、カイは婚約者である星神《せいじん》の頰《ほお》をじっと見た。

「なぁに？　あたしの顔に何かついてる？」

「……いや、何でもない」

つい歯切れの悪い返事になるが、今は仕方ない。先にすることがある。カイはテンの横を通りすぎ、坊の中へ入った。

五瀬はゆっくりと瞬き、黙《もく》したままで彼を迎える。

その尼僧《にそう》が纏《まと》う白銀《しろがね》色の袈裟《けさ》を見るなり、カイは床に膝《ひざ》をついて平伏した。

「――――申し訳ありません」

故意ではないとはいえ、立ち聞きしたことは事実。詫《わ》びて済むことでもないが、声を出し、頭を下げずにはいられない。

「いいえ、良いのです。……どうぞ、顔をおあげなさいませ」

五瀬は静かに瞼《まぶた》を閉じる。

「今し方の話は、光育和尚《おしょう》も存じている。その和尚が、カイ、あなたへならば話しても大丈夫であろうと仰《おっしゃ》っておりました」

「……光育和尚が、ですか」

「実際にお会いしてみて、私も、和尚の言葉がよくわかりました。……さあ、いつまでも端近《はしぢか》におらず、ここへお出《い》でなさいませ」

言うと五瀬はゆっくりと瞬き、至極《しごく》穏やかな笑みを簀子縁《すのこえん》へ手向《たむ》けた。カイはしばらくぼうっとしてしまったが、一礼をして、部屋の中へと入った。

テンは彼へ席を譲《ゆず》ったかのように、縁の端近で腰を落とす。

「……カイ」

「は、はい」

改まった様子で五瀬に名を呼ばれて、つい真顔となる。

「まず、先に訊《たず》ねておいてもよろしいですか」

「？　はい、なにを……」

答えましょうか、とカイは続けようとしたのだが。

「あの幼子は、あなたと、あちらの御方との御子《おこ》ですか？」

「…………………ち、違いますっ」

「あら？　けれど……」

「違うんですッッ」

答えながら、カイは深くうなだれた。体こそなんとか均衡《バランス》を保ったものの、心はばったりと床に倒れ伏した。まったく同じ質問を二度も受けてしまうのは自分たちの所為《せい》なのか、或いは母と子の血がなせる業《わざ》なのか。彼としては後者を主張したいが、真相は「双方」とすることが限りなく正しい。

「それはさておくとして。カイ、虎千代は……いえ、平三《へいぞう》殿はまだ外にいるのですか？」

「え？　いいえ」

新たに問われて、カイは顔をあげる。と、五瀬の表情が曇っていた。

「平三殿は、カイと一緒ではなかったのですか」

「…………、いいえ」

改めて答えて、ふと、喉《のど》の奥に奇妙なざわめきが広がった。それは五瀬も同じだ。

「先程、平三殿はあなた方を呼びに行くと申されて、ここを出て行きました」

「先程、会うには会いましたが、平三は昼間から行方《ゆくえ》の知れない童子を探す、と……」

間違いなくそう言って、彼は闇へ紛《まぎ》れた。

あれからもう、半刻《はんとき》（一時間）ほど経っているだろうか。

嫌な予感がした。

「────────たすけて」

語尾の震えた、かすかな声。

「助けて。………お願い、虎千代を、あの子を止めて下さい。いえ、救って下さい。お願い、……お願い致します！」

五瀬は蒼白《そうはく》な面《おも》持ちで僧衣の膝《ひざ》にすがりついた。伏してきたその背を、カイはただぼうっと見下ろす。

動けないのは、強い驚きの所為《せい》ではない。

「私では間に合わない、止めきれない。どうか虎千代の心を救って下さい。そうでなければ、あの子は、本当に死んでしまう……ッ」

「死……」

その、不吉な言葉。

胸中で散乱していた符号《ふごう》がすべて、一気に噛《か》み合う。

知らず、カイは片膝《かたひざ》を立てて腰を浮かした。五瀬が床に両手をつく。それでも視線は互いに間近でぶつかりあった。

「ならば教えて下さい。——平三が昔から僧になりたがっていたのは、自分の出生のためですか!?」

「そう、です」

「……今の今まで妻を娶《めと》らずにいたのは他に想う者がいるためではなく、自分の血を未来へ残してはならないのだ、と。そうでなくても、いっそ女に生まれていれば家督《かとく》を継ぐこともなく、煩《わずら》わしいことも少なく済んだだろうか、と。平三はそう考えて、……ずっと、いろいろと思い詰めて、だから僧になりたいなどと!」

感情が先へ先へと走り、言葉が少しも纏《まと》まらない。だけどすべて伝わる。

「そうです……そのとおりに、ございます……っ」

五瀬は胸に押し寄せる痛みに耐えながら、眼差《まなざ》しで必死に訴える。

「どうか、あの子を助けて。あの子が死ぬのなら、五瀬は、この命は要りませぬ。五瀬の命を、あの子へやって下さいませ!」

息も絶《た》え絶《だ》えの答え。カイはきつく目を閉じ、拳《こぶし》を握りしめて立ち上がる。蔀戸《しとみど》の傍に置いていた錫杖《しゃくじょう》を取り、南側の簀子《すのこ》へと駆け出た。

そこにいたのは、童子だけ。星の神の姿は既にない。

けれど童子は大きな眸《め》をぱっちりと開き、行儀《ぎょうぎ》よく座っていた。

「おおひ……」

「あのね。あっちゃん、おねむだった。だけどもうちゃんと起きたし、ちゃんと見つけたよ」

触れれば弾ける実のような明るさでアラヤはにっこりと笑う。

『遠い遠い弟』、ここにいたね」

小さな手は、墨染《すみぞ》めの衣《ころも》の裾《すそ》を強く摑《つか》んでいた。

カイは、錫杖を取り落とした。

☆

漆黒《しっこく》の闇に覆《おお》われた吉野山。

それでもあちこちにぽつぽつと明かりがある。それは社《やしろ》や御堂《みどう》、塔頭《たっちゅう》や宿坊《しゅくぼう》に灯された火。

少しでも速《すみ》やかに闇が去ることを祈る者たちの光。

験力《げんりき》、通力《つうりき》の優れた者であれば、この不可思議な嵐が神仙《しんせん》の類《たぐい》の仕業《しわざ》だと見抜く。

だが見抜いたところで説得することは誰も出来なかった。

嵐が求めるものは、既に数百年の昔に現《うつつ》より去った存在。

残像を追って、追い詰めて、それでもそれが幻《まぼろし》に過ぎないと知る度《たび》に嵐は落胆《らくたん》する。その心が天へ翔《か》けて闇を放ち、雷鳴《らいめい》を轟《とどろ》かせる。

「ちがう……これじゃあ、ない……」

それほどの大きさではない社《やしろ》の鳥居《とりい》のなか、嵐の張本人《ちようほんにん》が荒く息をつく。

その姿は十二、三歳ほどの、水干《すいかん》を纏《まと》った少年。

右手には抜き身の太刀《たち》。

少年の身には少し大きすぎるほどの、立派な太刀。刃《やいば》の色はごく淡い黄金《こがね》。

「ちがう……、どこ、何処《どこ》だ！」

舌をもつれさせながら少年が叫ぶ。刃がブン、と宙を薙《な》ぐ。金色の光は鱗粉《りんぷん》の如くあたりに舞い散る。と、地表を這《は》うように駆ける風がその光を天空へ攫《さら》って行った。

その風は、幽界《ゆうかい》の暗き淵《ふち》に棲《す》まうモノ。現《うつつ》にも戻れず、冥府《めいふ》へも向かえない霊魂のカケラを食べて漂う邪鬼《じやき》の一種。

形を持たないそれらが虚空《こくう》で散って、白い闇を産む。

カッ……ゴ　ゴロゴロゴロゴロ……

空が鳴き、また、漆黒《しつこく》の闇が渦巻《うずま》く。

彷徨《さまよ》う少年の胸中では妄執《もうしゅう》の念が龍蛇《りゅうだ》の如くとぐろを巻き、昏《くら》い火を吐く。

その後ろで、不意に砂を蹴《け》る足音が聞こえた。

景虎だ。

鬢《びん》は乱れ、呼吸《いき》も乱れ、山伏《やまぶし》の白い装束《しょうぞく》も顔も手足も泥で汚れている。

宿坊《しゅくぼう》を後にしてから先、彼はずっと山中を彷徨っていた。正確には闇の直中《ただなか》を彷徨っていた。歩いても歩いても同じ杉林が延々と続き、脇に逸《そ》れていけば崖《がけ》をすべり落ち、立ち上がれば、また元の杉林。奇怪《おか》しいと思って宿坊へ戻ろうとしてもそれも叶《かな》わない。闇の小径《こみち》は永遠の悪夢のように続いた。

その中で、ようやく微《かす》かな光を見つけた。

光を追って歩いたら、名も知れぬ社へと辿《たど》り着き、そこに、少年がいた。

幼い頃から禅《ぜん》に勤《いそ》しみ心身の精進《しょうじん》を重ねてきた景虎は、少年がヒトではないと判った。けれど、少年がつい半日前までマナと呼ばれていた童子であることは見抜けない。

「そのほう……名は」

足に絡《から》みつく奇妙な風を不快に思いつつ、景虎は一歩前へ出た。少年はじっと眉根《まゆね》を寄せる。とても、素直に答えそうな雰囲気《ふんいき》ではない。景虎はそのままゆっくりと歩きだす。

「武士《もののふ》なるもの、問われれば答えぬわけに参るまい。答えぬのなら腹を切るより他にあらぬはず。……さ、申せ。そのほう、名は」

砂を蹴《け》る足音は、鳥居《とりい》の真下で止まった。

草が生い茂るままの参道に立つ少年は太刀《たち》を下げ、やけに大人びた声で告げる。

「我が名は、清水冠者《しみずのかんじゃ》義高。木曾左馬頭《さまのかみ》義仲が子なり」

「清水冠者……!?」

溺《おぼ》れるように学び、憶《おぼ》えた歴史書。その中には、いま耳にした名が確かにあった。だからこそ景虎はにわかには信じがたい。

「さあ名乗ったぞ。こちらは名乗った。だったらそちらも名乗ることが礼儀《れいぎ》。……そちらからは、我と同じ武士《もののふ》の匂《にお》いがする！　さあ名乗れ！」

「…………」

「名乗らないか！」

義高は太刀を水平に構えた。刃《やいば》の描いた軌跡《きせき》は金色の光となってキラキラと散る。

風が、光を鳥居の下の者へと運んだ。

「は……っ」

闇へ変ずる光に触れた途端、景虎は息が詰まる。次に全身が痺《しび》れて、その場にがくりと膝《ひざ》をついた。体中の血が奇妙に騒ぐ。すべての血が燃えているようにも、凍《い》てついていくようにも感じた。

「名乗らないのか！　それとも名乗れないのか！　……名乗れぬというのなら、そちらは九郎殿に仕える者か？　答えぬのならそれを是《ぜ》とするぞ！」

「な……ぁ……」

何も答えようがない。指先ひとつ自由に動かせない。息が苦しい。喉《のど》には焼けただれていくかのような激しい痛み。

そう。

ちょうど彼の左の首筋に、昏《くら》い光は集まっている。傷跡《きずあと》の部分に邪鬼《じやき》が食らいついていた。

ザザ……と木々が騒ぐ。

白く光らないままに空が唸《うな》る。

邪鬼は、囁《ささや》きかける。

景虎にしかわからない言葉で囁いた。

「…………」

膝立ちでいた体は一度、大地に伏した。

それから、ゆっくりと起き上がる。

奥二重《おくぶたえ》の双眸《そうぼう》はジッと義高を見据《みす》えていた。

勝手に喉が震えて音を紡《つむ》ぎ、知らず唇は言葉を発する。

「清水冠者義高。我が名を知りたいか」

「知りたい。早く名乗れ」

「ならば言おう。我こそは鎌倉殿《どの》の末弟《まってい》、九郎義経《よしつね》。そのほうが探し求める九郎判官《ほうがん》なり！」

「……九郎殿か!!」

太刀《たち》の鯉口《こいくち》がキチと鳴る。

瞬きひとつの間《ま》に、義高は駆ける。ひと呼吸をする間に刃《やいば》は闇を裂《さ》いて眩《まぶ》しく閃《ひらめ》く。

景虎は動かない。視線すら外さない。

「父上の無念や、その身で思い知れ!!」

風が止まる。

空も黙る。

すべての音が消えた夜の底で紅《あか》いしずくが飛び散った。

其之五　恋なれば罪人と呼ばれむ

九年。

人の身にとって、九年は確かに長い。

だからこそ世辞《せじ》や冗談ではなく、本当に嬉《うれ》しかった。

九年前。

未来についてまだ明るく考えることのできていた頃。

その頃の自分を知っている二人がそのままの姿で現れ、その頃のままの名前で呼んでくれたことは、とても言葉では言い表せない程に嬉しかった。

そのことに、嘘はない。

それだけは、嘘にならない。

☆

空の雲は風で流れ、流されてゆく。

この夜の黒雲は、風では動かない。

そのはずだったのに、いま見上げた空は僅《わず》かだが切れ間がある。

そこから微《かす》かに天の光がこぼれ、暗い森を包む。

宿坊《しゅくぼう》を出るとき、カイはアラヤと錫杖《しゃくじょう》を置いてきた。

いま右手には、反《そ》りのない、両刃《もろは》の直刀《ちょくとう》。その太刀《たち》は、摩多羅《またら》の神剣。

源頼朝《みなもとのよりとも》が鎌倉《かまくら》将軍――東の覇王《はおう》となった印として摩多羅神《しん》より贈られたという剣。

刀身から銀の光がこぼれ、行く先を照らす。キィン……と微かに鳴いて行く先を教える。

何も喋《しゃべ》らず、闇の中を疾《と》く駆けゆく。

何か喋ってしまえば絶対に訊《き》きたくなってしまうから、カイは黙っている。

――わたしの遠い遠い弟
――父上様の血を継いだひと
――ここにいた
(それは……本当に、俺のことなのか?)

源頼朝の血は、鎌倉時代初期でとっくに絶えている。けれど正史に登場しなかった頼朝の妻や、その子孫がいたとしても不思議ではない。正史に登場しない……闇に隠された歴史にのみ登場する者たちはいくらでもいる。摩多羅など、秘神秘仏《ひめがみひぶつ》の類《たぐい》がまずそうだ。

走っている。だが、どうしても考えてしまう。今は景虎《かげとら》と『義高《よしたか》』を探すほうが先。だから

もしや、と。カイはどうしても考えてしまう。

(神仏《カミホトケ》の……)

(俺の『母親』は、出自《しゅつじ》がよく知れない)

父親は、室町《むろまち》十二代将軍・足利義澄《あしかがよしずみ》。その足利家は清和源氏《せいわげんじ》の筋だ。

そのことは、出会ったばかりの頃のテンがよく指摘してきた。

清和源氏の血筋であることを見込んで摩多羅の剣を授けたのだ、と。

だが、思う。

もしかするとその『清和源氏の血』は、自分を産むなり果てた母親の筋のことも含んでいたのかもしれない。

母親。

母と、子。

繋《つな》がり、伝えていくいのち。

三百数十年の昔、頼朝の血を唯一未来へ伝えることが出来た「女」とは、まさか。

(……気のせいだ!)

これは、五瀬《いっせ》の話を聞いた直後であるため。単なる憶測に過ぎない。これこそがまさしく邪推《じゃすい》というものだ。

絶対に、違う。そう思いたい。

けれど邪推《じゃすい》を否《いな》と言うだけの「証《あかし》」も是《ぜ》とするだけの「歴史」も、カイは知らなかった。

☆

暗闇の中、最初に聞いたのは水の音。

体が冷たい。でも、熱い気もする。だけど水音が聞こえるのなら、滝に飛び込んだあとなのではないかと考えた。

そうしてぼんやり考えていくうち、何故《なぜ》か、わかった。

ぴしゃり、ちゃぷりと聞こえてくるのは、滝や川の音ではない。

それは、自らの血と肉。

胸を大きく開かれ、皮膚《ひふ》の下にあるものを無造作《むぞうさ》に探られている音だと知った。

腹の上に馬乗りになった少年は左手で太刀《たち》を握り、その切っ先で赤いものを抉《えぐ》り、溢《あふ》れだす血のなかへ右手を突っ込み、指でかき回す。

動こうと思えば、動ける。少年は自分より頭ひとつ分ほど小さいし、何より体重が軽い。腕力だってこちらが上だろう。でも、少年を払いのける気にならなかった。それより、いったい何を探しているのかということのほうが気になった。

指は、なかへなかへともぐり込んでいく。

冷たい指先。

でも、柔らかな指先。

なにを求めているのか。

「……………あぁ」

少年───義高が、小さな声をこぼす。その眼が一瞬、歓喜で輝いた。

指が止まる。

ぴたりと止まった後、一気に深くもぐって何かを鷲掴《わしづか》みにする。そして一気にもぎ取った。

赤が散る。

赤は景虎の頰《ほお》へ散り、赤い海へもぽつぽつと降り、小さな輪をひとつふたつ描いて溶けた。

義高が景虎の腹から取り出したのは、肝《きも》。

「これで……父上の仇《かたき》が……我が本懐《ほんかい》は……」

月はない。星もない。辺りの景色さえなにひとつ見えない闇の中、どうしてか、景虎は少年の姿だけはわかった。ぬらぬらと光る臓腑《ぞうふ》を手にして陶然《うっとり》とする義高の表情がはっきりと目に映っていた。

異常な光景だと、思う。

でもそれは常人の常識と照らし合わせた上での結果で、痛みも何もない景虎は、目の前にあるものをただぼうっと見ていた。

義高は、右手をゆっくりと動かす。それに合わせて口を開く。整った歯並び。鬼の如くにょきりと飛び出た牙《きば》などない、ごく普通の白い歯。

その白が、赤い固まりを上下から挟《はさ》む。

噛《か》んで、潰《つぶ》す。潰したものをまた噛む。口の端からは真っ赤なものがこぼれ落ちて、顎《あご》を伝い喉元《のどもと》を濡らして衣《ころも》の胸元を染めていく。

ぬらぬら鈍《にぶ》く光るほどに濡れた喉元を軽く反《そ》らして、義高は口に含んだものを呑《の》み込んだ。

その音を、景虎はたしかに聞く。

だが、それでも恐怖感は微塵《みじん》もない。ああ呑み込んだのかと、そう思っただけ。

やがて、どれぐらいの時間が経ったのか。

もしかすると瞬きひとつほどの間だったか。

辺りには月も星もないので、感覚に頼るとすれば、それは永遠に似た一瞬。気がつけば経ち、気がついた瞬間にすべてが動きだす、そんな時間。

静けさを破ったのは、弱々しい声。

「ちがう」

義高は視線をゆらりと彷徨《さまよ》わせ、立ち上がる。

「ちがう。九郎殿《くろうどの》じゃない。この『血』は鎌倉のもの。鎌倉を名乗る氏族の血。『鎌倉殿《どの》』の家人《けにん》となった筋。九郎殿とは、違う」

「────────」

景虎は軽く息を呑む。

越後国《えちごのくに》の長尾《ながお》氏の先祖は、坂東八平氏《ばんどうはちへいし》。元々は相模国《さがみのくに》の鎌倉にいた氏族で、鎌倉姓《せい》を名乗っていた。けれど頼朝が挙兵《きょへい》し、鎌倉の大倉山《おおくらやま》の裾《すそ》に御所《ごしょ》を構えてからは、御家人《ごけにん》として「鎌倉」の名称《なまえ》は主君へ譲《ゆず》り、氏の名は長尾とした。

その歴史を、義高は肝《きも》を食うことであっという間に知り、そして悟《さと》った。

「どこ、だ」

濡れた右手で太刀《たち》を握り直し、義高はふらりふらりと歩きだす。

「あぁ、どこに。どこに……九郎殿は、あなたは何処《いずこ》か！　何処におられるのか！」

今にも泣きだしそうな響きを持った叫びに、同じ声の、だけどまったく違う叫びが重なる。

『九郎殿は、どうして愛された？』

『父上と同じような轍《てつ》を踏んだというのに、どうして九郎殿は鎌倉殿から愛された？』

『どうして九郎殿と僕は同じ神様から、同じ剣《つるぎ》で最期《さいご》の夢を贈られた？』

『どうして……どうして！』

潮騒《しおさい》のように遠く近く響く叫び。

大人びた口調ではなく、年相応の抑揚《よくよう》を持った声。

景虎は仰向《あおむ》けのまま、それを聞いた。耳ではなく胸で聞いた。

立ち去っていく少年に足音はない。ただ気配がすうっと薄れる。何も残さず消えていく。

けれど。

「…………………ッ！」

声にもならなかった声。

それが突風となって世界をかき回す。そして一度だけ、遠い雷鳴《らいめい》を聞いた。

ああ、と唇だけを動かして感じ取る。

義高が、消えた。遠い過去——闇の向こうへと帰っていった。

ここに、赤く切り開いた軀《からだ》を残したまま。

武士《もののふ》であれば、手にかけた者は必ず首祭りをして鎮魂《ちんこん》とするものだろうに。

（……或いは、そんな作法を学ぶ前に黄泉路《よみじ》へ向かった身なのだろうか）

辺りはまだ、ずっと、ただの暗闇。

何も見えない。目を開けているのか、閉じているのかもわからない。

そのなかで、ふと、思う。

悪夢のように続いた小径《こみち》の先に光を見て、それを追った先に義高がいたのは、同じような思いを抱いていたからではないか、と。

いや。思い、と表したのではあまりにも単純で軽すぎる。

これは間違いなく妄執《もうしゅう》。

父親と、自らの生まれと、一族の血とに囚《とら》われて彷徨《さまよ》う者の胸に巣くう混沌《こんとん》。

朝日将軍《あさひしょうぐん》・義仲《よしなか》の長子《ちょうし》だった清水冠者《しみずのかんじゃ》義高の運命について、景虎はよく知っている。義高は一族間の和のため、頼朝の長女と婚約した。だが朝日将軍は京で失敗を重ね、逐《お》われる身となり、やがて頼朝の命令を受けた九郎義経《よしつね》に討たれた。後ろ楯《だて》となる父親を喪《うしな》った義高は鎌倉を脱して木曾《きそ》へ帰ろうとしたが、途中で頼朝の手の者から討たれて果てた。

だが――「九郎と同じ神から、同じ剣で最期《さいご》の夢を贈られた」とは、一体どのような意味だったのだろうか。

（カミと……ツルギ）

叶《かな》うのならば、自分もそのようにして終わりたい。

（我が身は天にも背《そむ》く罪の証《あかし》）

家を捨て、名を捨て、俗世《ぞくせ》を捨てて神仏に仕えるだけのモノになろうと願って生きてきたが、どうしてか身は俗世に強く縛《しば》られる。己《おのれ》のためではなく、ただ天上《てんじょう》にも天下《てんげ》にも恥じない行いをと欲《ほっ》すれば、ますます神仏より遠ざかる。

最も身近な「天」――父親からは疎《うと》まれるばかりだった。

長尾の家においての父である為景《ためかげ》からも、実父《じっぷ》であり家中での兄である晴景《はるかげ》からも、自分は拒《こば》まれ続けた。

生まれが生まれである以上、愛されることは難しい。

だから、林泉寺《りんせんじ》へ預けられたときは捨てられたのだと思った。

毎日毎日、書や座禅《ざぜん》の修行などそっちのけで暴れ回った。城内の石灯籠《いしどうろう》を木刀で幾つも叩き割った。馬たちの綱《つな》をすべて切り、厩《うまや》の戸を開け放ったままにした。

悪事が過ぎれば、そのうち為景か晴景が叱りにやってくるかと期待した。

愛されることはなくても、せめて自分の存在を何らかの形で認めて欲しいと願った。

だが寺に現れたのは結局、姉姫と、母の五瀬のみ。

落陽の光さす部屋で、五瀬は、正面に座った者を無言で睨《にら》んだ。眼差《まなざ》しだけで我が子を責め、真っ直ぐな睫毛《まつげ》は自らの無力さを嘆《なげ》いていた。

その五瀬は、傅役《もりやく》の高僧——天室光育《てんしつこういく》へ自らの「罪」を打ち明けていた。

そのことについて光育が言及してきたのは、ただの一度だけ。

『平三《へいぞう》殿は二つの「天」を飲み込み、包み込めるほどの器量《きりょう》を持った者になるが宜《よろ》しい』

それが五瀬からの愛情に応える道だ、と。

諭《さと》されてより先、景虎は暴れることをやめた。光育からの指南・指導を素直に受けた。

罪を知り、罪を背負い、罪を贖《あがな》うために、このいのちはある。

それを戒《いまし》めにして生きようと、決めた。

けれど。

(生きていると、私はつい欲《ほっ》してしまう)

あれは十八のときの出逢い。

初めて心惹《こころひ》かれた『吉祥天女《きっしょうてんにょ》』。

初めて主従《しゅじゅう》や利害の絡《から》まない縁を結んだ朋友《ともがら》。

あれから九年の時を隔《へだ》てて、そうして、此度《こたび》の再会。

変わらないままの二人。

彼らと共に過ごしていると、少しでも長く話していたい、同じ道を歩いてみたいと感じてしまう。罪も、穢《けが》れも、名誉《めいよ》も何も構わず、気の向くままに時間を過ごしたいと欲してしまう。

家のためではない、民や国のためでもない、ただ自らのためだけの望みや願い。

それを、つい抱いてしまう。

だからもう、果てたい。

自らの望みを抱き、堕落《だらく》して生きながらえるよりも、贖罪《しょくざい》の為にと潔《いさぎよ》く終わりたい。

水無月《みなづき》の末に越後の春日山城《かすがやまじょう》を後にしたのは、晴景の三回忌《き》を無事に終えたゆえ。

兄であり実父であった者が死んだ年の冬に高野山《こうやさん》で受戒《じゅかい》したとき、喪《も》が明ける三年後に城を出ようと決めていた。

そう。覚悟は、とうに決まっている。

このいのちを仏に帰すことで、国と家の繁栄のための贄《にえ》にせん。

そのように終わるのだと、もう、決めたのだ。

「清水冠者《しみずのかんじゃ》と、九郎判官《ほうがん》とを常世《とこよ》へ導《みちび》きしカミ。妄念《もうねん》に憑《つ》かれた陰魄《いんぱく》を祓《はら》いし、黄泉《よみ》送りのカミのチカラよ」

ここに在る我の為、御身《おんみ》が再びここへ発現することを願い奉《たてまつ》る。

胸を開かれ、腹を抉《えぐ》られた軀《からだ》で景虎は祈る。

己《おのれ》の心を隠すものは何もない。

どうか。

どうか、と。

祈る。


どれほど、時間が経った頃だろう。

感覚も麻痺《まひ》するほどの空白があった。

ふと気づけば、突然、傍《かたわ》らに気配があった。

「馬鹿ね」

やわらかな響きが世界を震わす。

「馬鹿ね、平《へい》ちゃん。なにやってんの」

鈴の音色のように涼しく澄んだ声。

白い指。

その手のひらには、赤いかたまり。

「……どうして、あなた様が」

体は開かれたまま。でも声が普通に出る。けれど手足を動かすことは叶《かな》わず、景虎は視線だけを僅《わず》かにやった。

傍らに膝《ひざ》をついたのは、先程の少年よりすこしばかり歳《とし》を重ねたらしき少女。

――少女の姿で現れた星の神。

「だって呼んだでしょう？　私へと祈ったでしょう」

「……あなたが」

「そう。私が」

星の神は、大きな双眸《そうぼう》をふっと細めて笑う。

「私が、義高と九郎を常世へやった摩多羅」

「マタラ」

その御名《みな》を思わず繰り返す。

摩多羅神は、星の化生《けしょう》。

肝《きも》を食《は》むことで魂魄《たましい》の往生《おうじょう》（死）を促す大黒天《だいこくてん》や荼枳尼天《だきにてん》と同一と見なされる鬼神《きじん》。

「摩多羅様へ、お願いがあります」

「なぁに？」

「平三は、このまま消えてなくなりたい。どうか、それを、あなたのこの御手《みて》で叶《かな》えていただきたい」

「………、イヤ」

少し黙ったあと、テンはきっぱりと答える。それから表皮の隙間《すきま》からこぼれるザクロの甘い粒をひと舐《な》めして、軽く瞼《まぶた》を伏せた。

「そりゃあね。平ちゃんがやたらと死にたがっているのは、この場を見ればわかる。これはあなたがまさに望んだこと。あなたの魂魄に降りかかっている光景」

「魂魄に、ですか」

「そう。だけど義高少年――未那《マナ》は、飽《あ》くまでもこの摩多羅の眷属《けんぞく》。つまりは使役神《つかいのかみ》。肉体と魂魄を無事に往生へ導くには、役不足。このままだと、平ちゃんは肉体と魂魄、両方を損《そこ》なうことになる」

「……清水冠者が、あなたの、眷属？」

「そうよ」

景虎は心底驚いて訊《き》き返したのだが、テンはいともあっさり頷《うなず》いた。それは実に些細《ささい》な事実《こと》だと暗に言うかの如く。だから景虎もそれ以上は何も訊けない。

やがて、赤く開かれた胸の上に冷たい手が添えられる。その指の真下には、心《しん》の臓《ぞう》。

景虎の耳の傍には、赤い果実を持つ手。

「昔、義高は平家《へいけ》の亡霊どもにそそのかされて、頼朝がいた鎌倉の大倉御所《ごしょ》を出奔《しゅっぽん》。木曾へ逃れようとしていた。でも途中で追いつかれて、そして、この摩多羅の手にかかった」

「どうして、あなたが手をかけたのですか」

「義高が『鎌倉殿《どの》』である頼朝へ刃《やいば》を向けたからよ」

「摩多羅様は、源頼朝を護《まも》る立場にあったのですか」

「そうよ」

テンは頷く。先程とまったく同じ表情、同じタイミング、同じ抑揚《よくよう》で是《ぜ》と答えた。

景虎は右腕をゆっくりと動かし、胸の上に置かれていた神の手に自らの手を重ねた。

「では、九郎判官《ほうがん》を手にかけたのも、『鎌倉殿』をお護りするためだったのですか」

「そうよ」

たやすく返ってくる肯定。

響きは甘いのに、耳と胸に残す余韻《よいん》はどこまでも冷ややかな、声。

「その二人と同じように、この平三を……御手にかけてはくれないのですか」

「かけない。だって剣がないもの」

「剣が？」

「あと、理由もない」

言いながら、テンは薄く笑う。

「まあね。確かに、あなたを殺《あや》めるのはとても簡単なこと。だけど殺めれば、私、あなたの傅《もり》役《やく》の光育じーさまから呪われてしまうわ」

「……摩多羅様であれば、人のかける呪いなど平気でしょう」

「ええ、平気。でも、呪いをかけられたからには返さなくてはいけない。……平三は、この私がイチのことをイチで返すような、か弱いカミサマだと思う？」

「…………いいえ」

もし、光育が摩多羅から呪詛《じゆそ》返《がえ》しに遇《あ》えば間違いなく死ぬ。きっと、ただ命を奪われるだけでは済まない。それこそ肝《きも》を悪《あ》しき鬼へと食われ、魂魄《こんぱく》が冥府《めいふ》へ行けず、転生《てんしよう》も叶《かな》わぬまま幽界《ゆうかい》を彷徨《さまよ》い続けるだろう。

「とにかく。義高……末那《マナ》から奪われたモノ、私が本人に代わって返しておくわ」

「――――」

痺《しび》れが、胸元から全身へ走る。景虎は大きく目を見開いて息を潰《つぶ》した。けれどそれはほんの一瞬。

開かれた体の上に載せられた果実が甘い匂《にお》いを漂わせながらゆっくり、ゆっくりとその身の内へ溶けていく。

「あ、そうそう。あなたを殺めてあげられない理由は、しっかりあるわよ」

「……？」

「あなたが果てたら」

……が、泣くもの。

声は小さすぎて、景虎の耳に届かない。けれど答えは彼の身へ宿るものの内《なか》で響く。

血のように赤く熟《う》れるザクロは、他人の子を食らう鬼女《きじょ》へ釈迦《しゃか》が授けた果実。

千人万人の子を産んだ「母」でもある鬼女は、釈迦から最愛の末子《まっし》を隠されたとき、激しく戸惑い、嘆《なげ》いた。それを見て釈迦は「そなたに我が子を奪われた者の悲嘆《ひたん》のほど、よく知ったか」と問う。鬼女は已《おのれ》の所業《しょぎょう》を深く悔いて、末子を返してもらう代わりに仏の眷属《けんぞく》となり、幼子を護《まも》る神となることを誓《ちか》う。

そうして釈迦は鬼女——鬼子母神《きしもじん》へザクロを渡した。

もしまた他人の子を食らいたくなったら、人の肉の味がするこの実を代わりに食べよ、と。

やがて、摩多羅の手が離れる。

溢《あふ》れ出ていた赤いものたちは跡形なく消えたが、緋色《ひいろ》の紋様《もんよう》が舞う衣《ころも》はそのまま。

景虎は、しばらく起き上がれない。

何もない闇を、ただじっと見つめている。

体を開かれ、肝《きも》を奪われるときに失っていた感情がゆっくりと全身を満たす。

(……母上)

実父《じっぷ》の晴景と、長尾家の父である為景。ふたつの「天」。そこから注がれるはずだった陽を補《おぎな》うほどに、深く、厳しく、静かに愛してくれたのは、五瀬だ。

そのことは、よく知っていた。痛いほどに身に沁《し》みていた。

でも、どうしてそれを忘れたりしていたのだろう。

傷は塞《ふさ》がったというのに、開かれていたとき以上に景虎は胸が痛んだ。

それでも——願わずにはいられない。

「摩多羅様」

「なぁに?」

「平三は、せめて女になりとうございます」

乱れ髪のまま、景虎は身を起こす。神の目を正面からじっと見つめた。

「女子《おなご》のほうが、男子《おのこ》よりも強い。力ではなく、心が強い。死ぬことが叶《かな》わぬというのなら、生きるために、せめて」

「駄目よ」

募《つの》る言葉を皆まで聞かずに、テンはきっぱりと拒《こば》んだ。

「何故《なにゆえ》ですか!?」

景虎はいつになく険しい表情《かお》になる。

「あなた様は、自在に姿をお変えになる。男にも女にも、幼くなることさえも自在になさる。そのことが、私は羨《うらや》ましくて仕方がない。そのようなチカラならば、私も――」

言い募る唇の上に、ぴた、と冷たい指が落ちた。

「黙って」

テンは軽く身を乗りだして、抑揚《よくよう》のない声で言う。

「それ以上のことは、『余計な口』よ」

「……………」

銀色に光る双眸《そうぼう》に見据《みす》えられて、景虎はすうっと胸が冷えた。

「戦《いくさ》放題、荒れ放題のこの乱世に、しかも武士《もののふ》の家に生まれたのなら、男も女も大変よ。男は男で忙しいし、女は女で辛《つら》いことがいっぱい。でも、それだけのことだわ。苦労の種類がただ違うだけ。男には男のたくましさがあるし、女には女のしぶとさがある。それこそがまさしく陰陽《いんよう》――『太極図《たいきょくず》』の示すもの」

「陰陽の」

思わず、繰り返す。その素直な響きに、神の眼差《まなざ》しが僅《わず》かに和《やわ》らいだ。

テンはすうっと身を引いて、頬《ほお》にかかっていた髪を指で軽く払う。

「平ちゃんが『女になりたい』なんて思うのは、女にしか分からない苦労をまだちっとも知らないから言えるだけのことよ」

「……ッ、苦労ならば充分に知っております！」

景虎は真顔で声を荒らげる。

「我が母は、私を身ごもったときから……、いえ、長尾の家の継子《けいし》である者と不義をなすより前からずっと苦しんでいた。そのことは、罪の産物たる私が一番よく知っております！」

面《おも》立《だ》ちも背格好も、間違いなく青年のそれ。けれど、まるで十《とお》にもならない子供のように彼はムキになって言葉を募《つの》らせた。

それに対する反応は。

「あー、鬱陶《うっとう》しい」

「────ッ!?」

景虎の目がキッと光った。

「あら怒った？　でも、本当にソウじゃない。不義だの罪だのって、あなたの両親の恋を責めたてるコトバばっかり並べてさ」

「ですが！」

「他でもない平ちゃんがそんなことだから、母上の気苦労も倍増するのよ」

反論しかけた声をたやすく遮《さえぎ》り、テンは袖《そで》の中から一粒の翡翠《ひすい》を取り出した。

景虎は息を詰まらせる。

不可思議な闇の中、翡翠は静かに、控えめに、しっとりと光る。

「一緒に逃げようって言って、断られて。それでも数珠《じゅず》を渡した父上サマのほうが、まだ、五瀬の辛労《しんろう》をよく分かってたわね」

ともに生きることは出来ない。道は完全に分かたれた。

それでも、恋した者へ光があらんことを祈る想い。

人としても、武将としても弱くあっても、同じ匂《にお》いを持つ者へ焦《こ》がれたことは真実。

そのことは、景虎も信じていたい。

けれど。

「……あなたは」

口を開きかけて、途中で止まる。間近からじっと見つめてくる視線に、声が詰まった。

その眼は、これから自分が言う言葉を知っている。ならば言っても言わなくても同じ。だが、一度言いかけたことは最後まで言わなければ自分の気が済まない。

「摩多羅様は自在の神だから、そのように悟《さと》ったことが言えるのだ。でも、人の身は違う。私は――」

「じゃあ」

テンは続く言葉を遮り、景虎の胸元に右手を押しつける。

「そんなにも言うのなら、今すぐ、その体を『とびっきりの美女』にでもしてあげるわ。この摩多羅が恥じ入って、何処《どこ》かへ消えてしまいたくなるぐらいの美貌《びぼう》を備えた女に」

「は……」

ひんやりとした指先が氷のように冷たくなっていくのを感じて、景虎は思わず身を引いた。

怯《おび》えた。

「どうしたの?」

テンが笑顔で訊《たず》ねてくる。

景虎は、何も答えられない。指一本動かせない。

長いような短いような、どちらでもないような沈黙の時間。

やがて突然、けたたましい笑い声が響きわたった。

笑って、笑って、それからテンは急に俯《うつむ》いた。

「……摩多羅様?」

「おかしい」

また少し笑って、

「本ッ当におかしいわ」

言うが、声は少しも明るくない。

景虎は訝《いぶか》り、また名前を呼ぶが返事はない。聞こえているが、聞いてはいない。届いていないのだろう。だが彼は表情を覗《のぞ》きこもうなどという非礼は働かない。知らず背筋をピンと正して、相手をただ待つ。

だから、テンは俯いたままで再び笑った。

「平ちゃんってば、おかしい」

苦笑いの声音《こわね》。

「違うのに、同じ。似てないのに、似てる。………ぼうっとしているかと思えば突飛《とっぴ》な事をするし、ムキになるし、話はクドいし、いまさら女になりたくもないと逃げ腰になる。本当に奇《お》怪《か》しいひと」

「？　あの――――」

「なんだか桔梗《ききょう》と、九郎を、足して割ったみたい」

桔梗。

九郎。

訝りを無視して呟《つぶや》かれたその名前を、景虎は口の中だけで繰り返した。でも何の余韻《よいん》も残らない。『九郎』はともかく、『桔梗』がいったいどのような者の名前であるのか、まったく分からない。

だから、その名は摩多羅にのみ意味を持つものなのだと、知る。

もし自分が摩多羅と縁の深い――――それこそ前世からの縁を持つ者であったのなら、その響きに強い疼《うず》きなどを感じたはず。

だが景虎が感じたのは、境界線。

熊野本宮《くまのほんぐう》、或いは高野山へと至る吉野《よしの》の山奥にある女人結界《にょにんけっかい》のような、戒《いまし》めの隔《へだ》たり。

「……お喋《しゃべ》りに興《きょう》じるのも、そろそろ終わりにしましょうか」

テンはそう言って、ゆっくりと顔を上げる。

「でも。その前に、平ちゃんへとびっきり大切なことを教えてあげる」

「なん……ですか？」

問い返す声が、つい上擦《うわず》った。

「私は、たしかに体を男にも女にも自在に変えられる。でも、心は常に『女』。ちっとも変わらないし、変われない」

だってあたしはこの身ひとつで、ずっと生きてきたのだから。

テンは、この上もなく艶《あで》やかに笑ってそう言った。

天女《てんにょ》の微笑だと、景虎は思う。

人の身では届かない存在であるからこそ、『天女』。

微笑と絡まりながら伝わってくる孤高《ここう》さ。

孤《ひと》りで、高きにある身。

その細い肩の向こうから、不意にパタパタと足音が近づいてくる。

景虎の意識がすっとそちらへ向いた。すると目の前にいたテンの姿が急速に薄れていく。体

の輪郭《りんかく》が闇に滲《にじ》んで、溶ける。あッと軽く目を見張った瞬間、目に映る虚無《きょむ》の景色から意識が切り離され、叩き落とされた。

無明《むみょう》の底へ引き込まれていく中で、ふと思い出した。

己《おのれ》の懐《ふところ》には、歌を記した細い布を入れていた。

つらかりし人こそあらめ祈るとて
　神にもつくすわが心かな

一心に祈り、尽くさんとする心。

歌を詠《よ》んだ頃とは異なる今の心を、哀しく感じたりはしない。

この身はヒトであるから、それでいいのだ。

そのように思った、その瞬間。

世界を覆《おお》う闇が散《ち》り散《ぢ》りに裂《さ》けた。

☆

朱塗《しゅぬ》りがあちこち剝《は》げた鳥居《とりい》の真下。

景色を完全に塗りつぶして凝《こ》り固まっていた闇を、銀色の剣が一閃《いっせん》した。

その刃《やいば》は満月よりも眩《まぶ》しい銀の光を放ちながら、鳥のように高く鳴く。光と音は螺旋《らせん》を描くように絡《から》まりあい、神歌のような清さを持って辺りに満ちてゆく。

交錯《こうさく》する光と闇。

その中に、カイはふと、少女の姿をした神の横顔を見た気がした。けれどそれは短い、一瞬のこと。瞼裏《まなうら》の幻《まぼろし》とするにも確かな現実と考えようにも、証《あかし》だてとなるものは皆無《かいむ》だ。

そして、なにより。

「―――――!?」

鳥居に参道、社殿、神木《しんぼく》。月と星の光を取り戻した景色の中、カイは社殿の階《きざはし》に打ち伏している人影を見つけた。すぐさま駆け寄って肩を揺さぶり、その名前を呼ぶ。

「平三？　おい、平三！」

「……はい」

意外にも、しっかりとした声が返ってきた。そのことにも少し驚いたが、カイは改めてこの古い神社の境内《けいだい》に残っている気配に目を見張る。

（マナは……『義高』は何処《どこ》だ!?）

微《かす》かに漂う、古い魂魄《こんぱく》の匂い。けれどそれは残像としか呼びようがない。夜風が辺りの木々をさやさや騒がすたびに薄れていく。

だが、その木々の声が古い魂魄《こんぱく》を従える神の微笑のようにも感じる。

（あいつも、ここに来たのか？）

思いながら、顔をしかめた直後。

「………っつ」

景虎が、急に小さく呻《うめ》く。

「どうした？」

視線を返すと、彼の首筋からあの刀傷《かたなきず》がすうっと消えていった。不可思議さにカイは言葉を失う。景虎はゆっくりと身を起こし、かと思えば、左手で自分の胸と腹をさぐった。

「？　どうかしたのか？」

「いえ。――それよりもカイ、何か奇妙な目にでも遇《あ》いましたか」

「はぁ？」

それはこっちが訊《き》きたいことだ、とカイは口を開きかけたが。

「見たところ、顔色があまりよろしくない。何か……魔物にでも遇いましたか」

真っ白な山伏装束《やまぶししょうぞく》のあちこちを緋《ひ》に染めている彼から、そのように心配される。どう答えていいのか分からず、カイは黙った。だからまた訊かれる。

「我が母から、平三のことを聞きましたか」

「……聞いた」

「では、平三を『魔物』だと思いますか」

「………思うか!!」

即座に否定する。そして、また押し黙る。

「カイ？」

景虎は自分の腕で自分の体を支え、両膝《りょうひざ》をついて深くうなだれた有髪僧《うはっそう》を正面に捉えた。

その視線を感じながら、カイは呟《つぶや》く。

「いや。『魔物』は、やはり俺か？」

「え？」

「あいつは――『摩多羅』は、俺にとって『母親』なのかもしれない」

憶測。邪推《じゃすい》。疑わしきこと、この上無しのモノ。それへ一度言霊《ことだま》を与えてしまうと、凄《すさ》まじいチカラで心を縛《しば》る。けれど口にした言葉はもう戻らない。

「……カイ、いったいそれは」

「正しいのかは、わからねぇ。だが、そうじゃないと決めるだけのものも、ない。何もねぇんだ。……俺は、あいつの過去なんざさっぱり知らねぇんだ！」

叫ぶと、自分の声が頭の芯《しん》でガンガンとやかましく反響する。強い目眩《めまい》が襲ってくる。奥歯をきつく嚙《か》み合わせて堪《こら》えるが、少しでも気を抜けば今にも倒れそうだ。

けれど、その一方で思う。

正式な結婚に対する言い様のない不安は、もしや、この『血』からの警告ではないのか。

もし、自分といういのちは、闇に隠された歴史の延長線上にあるというのなら。

頼朝の血と、摩多羅の血を引き継いできた子孫だというのなら。

「『神』というだけじゃなく、『母親』でもあるヤツと交わろうっていうのなら……『魔物』というより他に、何があるんだ」

「――カイ!!」

景虎が鋭く名を唱える。

その響きにふっと視線が誘われる。

直後、カイは渾身《こんしん》の力で以《もっ》て殴《なぐ》られた。その音が自分の耳へもハッキリ聞こえた。

一瞬だけ、空白がある。空白の後は、背中に固い衝撃《しょうげき》を感じた。それは参道の敷石。殴られた体をその勢いのまま吹っ飛ばされたのだ。だが殴った本人のほうが肩で息をしている。

「カイ」

「……なんだよ」

口の中に錆《さ》びた味が溜《た》まっていくのを感じて、唾《つば》を吐く。それは血痰《けったん》に近い色。だが二人はそれを見ない。そして、人の身が神のまじないを超えたことに気づかない。

「『母親』かもしれぬ、ということ。それは、御本人に確かめたことなのですか」

「訊《き》いたところで、あいつは何も答えやしねぇよ。テンは、そういうやつだ」

「………ならば、答えを得るに値する信頼を勝ち取っては如何《いかが》ですか」

「な……ッ」

勝ち取れ、など、まるで今までがよほど冷めた間柄《あいだがら》だったと言われた気分だ。知らず、カイは怒りで頬《ほお》を染めた。

「だったら『信頼』というのはどういうことだ。一体どうやったらあのクソ頑固《がんこ》な神様からそれを得られるってンだ。ナンでもカンでもハイハイ言うこと聞いて、毎日毎日媚《こ》びへつらえっていうのか!?　……そんなこと、考えただけで反吐《へど》が出る！」

「落ち着いて下さい。なにも、あの方に跪《ひざまず》けなどとは申しておりません」

「だったら」

「少し――――黙ってくれませんか」

景虎はじっと目を細め、参道に片膝《かたひざ》をついた相手を睨《にら》み据《す》える。眼差《まなざ》しだけではなく、背筋が真っ直ぐに伸びたその立ち姿には静かな気迫があった。それに圧《お》されて、カイは僅《わず》かばかりの隙《すき》を与えた。

その空白へ矢を射《い》かけるような鋭さで、声が響く。

「相手のことを根掘り葉掘り調べ尽くすこと。己《おのれ》の総《すべ》てを惜しげなく晒《さら》すこと。それが『信頼』ある関係だとは、私は思わない。そうでなければ気が済まないというのなら、それは、互いに互いを縛《しば》りつけたいだけの間柄です」

「……い」

「黙れと言っておる！」

口を挟《はさ》もうとした気配に、つい語気も口調も厳しくなる。しかしそれをいちいち詫《わ》びることはせず、景虎はカイを見据《みす》えたまま歩きだした。

「これまで、カイがあの方に何を問うて何の答えを得られなかったのかは知りません。ですが、問うて答えを得たからといって、聞き出したからといって、何も変わらない――問うたこちらがどんなに痛みを覚えても、相手は何も変わらない。そんな虚《むな》しさを、カイ、あなたは知らぬはずだ」

吐息も触れるような間近で視線を交わし、その手に手を重ねても、すれ違い、突き放されるばかり。そうして何気ない言葉に強い隔《へだ》たりを感じた。

あれほど寂しいことは他にない。

振り向いて欲しい者に手を弾かれ、背を向けられることは、哀しい。

痛感した。

「私では、あの方の『星』――運命に関わることができない」

「………」

「だから、問うても空回《からまわ》りする。どんなことを問うても、簡単に答えられてしまう。私は結局、それだけの存在だ」

景虎の足が、止まる。カイは膝《ひざ》をついたまま、まだ立ち上がろうとしない。立ち上がるタイミングを失ったままでいる。その肩をじっと見下ろして、やがて景虎は瞼《まぶた》を伏せた。

「あの方が問いに答えぬのは、きっと、答えである言霊《ことだま》がもたらすものの大きさを熟知しているがゆえのこと」

「……平三」

「けれど、その大事をカイも同じように知っているのなら――知るときが訪れたのなら、答えを得られるはず」

それこそが『信頼』のある関係だ、と。瞼をゆっくりと持ち上げて言う。

「だから、それまで邪推《じゃすい》は避けて然《しか》るべき。疑ってばかりでは何も始まらない。……信ずることから始めなくては。少なくとも、私はそう思う」

「平三」

「もし、それで、真実『母』と『子』だったとしても――……」

そこで、声が途切れた。

そこから先は自分が語る部分ではないと、景虎は口を噤《つぐ》んだ。

「……………」

カイは、膝から力が抜ける。その場に尻餅《しりもち》をついて、そのままどっかと座り込んだ。

「カイ？」

瞬いた目を丸くして、景虎が不思議そうに覗《のぞ》き込んできた。その気配を頭上に感じて、カイはますます脱力する。立てた膝《ひざ》に肘《ひじ》をついて、その手に額を預ける。

「……平三」

「はい、何でしょうか」

「…………てめぇの話は、いつも長くて、馬鹿みてェにクドイんだよ」

「は」

「その癖《くせ》、大概《たいがい》どうにかしろ」

拗《す》ねたような、困惑しているような、何ともしれずぶっきらぼうな物言い。

景虎も、一度は戸惑って眉根《まゆね》を寄せた。

けれどその指摘は、たしか摩多羅からも受けたこと。

「……申し訳ない」

以後気をつける、と、彼はやわらかな口調で頷《うなず》いてみせた。その声を聞いて、カイはますます顔が上げられない。

景虎との再会は到底叶《かな》わないことだと、つい数日前まで信じて疑わなかった。

再会しても、普通に話せるとは思っていなかった。

けれど彼は相変わらず生真面目《きまじめ》で、驚くしかないぐらい真摯《しんし》な『お節介者《せっかいもの》』だ。

（……今まで）

自分とあの姫神《ひめがみ》が婚約して、そのまま数十年を経ているこの関係へ口を挟《はさ》んでくる者はいなかった。茶々をいれる輩《やから》はいたが、これほど真正面から何かを言ってくれた者は初めてだ。

そもそも自分は、命を危うくしそうな景虎を止める為、宿坊《しゅくぼう》から飛び出してきたはず。

だから、本当にわからない。

礼を言えばいいのか、詫《わ》びればいいのか。

何が何だかさっぱりわからず、強《し》いて表せば、眼の奥から涙が溢《あふ》れてきそうな気分だ。

「ああ。やっと、月が見えた」

景虎が鳥居《とりい》の上の空を見上げて呟《つぶや》く。

半月は既に天の頂きから西へと下りはじめていた。しばらく間を置いてから、カイも同じように空を仰《あお》ぐ。

そして――――ちらり、と、雪が舞う。

息を呑《の》む。

「どうかしたか？」

「いや……」

答えても、意味はない。

この雪はきっと自分の眼にだけ映る幻《まぼろし》。

胸中でそんなことをこぼしながら、カイは社殿へと歩く。階《きざはし》の下に転がしたままでいた神剣の柄《つか》を両手で握り、『鞘《さや》』へ戻るよう念じる。

剣は金色の光を吐き出し、自らの形を無くす。微《かす》かに波うつ光たちは速《すみ》やかに黒衣の内へと飛び込んでゆく。

そのとき、また、ちらりと雪が散る。

真白い幻《まぼろし》が金色の神気《しんき》に触れた瞬間、奇妙な現象が起きた。

「…………ッ」

目を見張ったまま、カイはその場にがくりと膝《ひざ》をつく。

「カイ!?」

驚いたように名を呼び、景虎が駆け寄ってきた。

「……大丈夫だ」

「まことか？」

「あぁ」

返事をして、ゆっくりと立ち上がる。己《おのれ》の二本の脚で大地を踏みしめ、拳《こぶし》の形になっていた指を開いたときは、本当にどこも異常はなかった。

だが、雪と光が溶けあった瞬間に瞼裏《まなうら》をよぎったモノの正体は、うまく言葉では表せない。

瞼裏を駆け抜けた、謎《なぞ》の幻たち。

あれはもしかすると、この神剣が持つ記憶だろうか。

最初に見たのは、大きな鳥居《とりい》。次は落《お》ち武者《むしゃ》と思《おぼ》しき亡霊たち。大きな邸《やしき》が夜闇の底で燃え盛る光景。それから、二人の少年と、壮年の男。

音や温度、匂《にお》いなどは少しも伝わってこなかったけれど。

（……あれが、鎌倉にいたころの……？）

この神器《じんぎ》は主《あるじ》とともに、いったい何をどれほど見つめてきたのだろうか。

正しき闇、元の静けさを取り戻した吉野山の古びた社《やしろ》の前で、カイはじっと息を殺した。

☆

半蔀《はじとみ》の向こうにある景色を眺めて、明るくなった、と五瀬は小さく安堵《あんど》した。月が浮かび、輝いているのだから無事なのだと確信した。

外から内へ視線を戻せば、板間《いたま》の片隅《かたすみ》に敷いた筵《むしろ》の上で幼子がふたり、並んで眠っている。ともに狩衣《かりぎぬ》と袴《はかま》を纏《まと》い、面立《おもだ》ちも背格好もほとんど同じに映る男女の童子は、小さな手と手をつなぎあって健《すこ》やかな息を立てている。

「……本当に、お可愛《かわい》らしい」

もしかすると、ふたりでひとつの夢を見ているのかもしれない。寝顔を見下ろす五瀬はそんなことをふと考えた。

すると、その心を読んだかの如く。

「同床異夢《どうしょういむ》、というのもあり得るわよ」

筵《むしろ》から少し離れた壁際に座っているテンが、くす、と小さく笑った。笑ってはいるけれど、本心はどうなのか知れない。長い睫毛《まつげ》に隠された瞳の色を五瀬が窺《うかが》い知ることはない。

だけど、「女同士で」言葉を重ねた五瀬は、ふと思った。

「……晴景様が翡翠《ひすい》の数珠《じゅず》を引きちぎったのは、この五瀬のことが疎《うと》ましくなり、昔の契《ちぎ》りを無き事とするためになさったのかと思っていました」

でも、と小さく呟《つぶや》きながら淡く笑い、

「こうして国許《くにもと》を離れ、神仏のお近くで心静かに考えてみれば……。晴景様と虎千代は、よく似ておられる」

守らんと願うモノのためなら、自らを犠牲《ぎせい》にしてまでも心の真実《まこと》を貫かんとする一途《いちず》さ。明王印《みょうおういん》を刻んだ数珠を晴景が引きちぎったのは、終焉《しゅうえん》ではなく、解放のための合図だったのかもしれない。

「あの日の私と晴景様は……同床異夢ではなく、違う床に就《つ》きながら同じ夢を見ていたのかもしれませぬ」

添い遂《と》げられない恋を越えて、互いの情が紡《つむ》いだいのちの行方《ゆくえ》を見守らんとする思い。

「わたくし、やはり、虎千代を産んで良かった。……長尾の家と為景様へは申し訳なきことですけれど、晴景様とあの子のためなら、私は罪人《つみびと》と呼ばれても構いませぬ」

「…………そう」

余計な口は挟《はさ》まず無言で聞いていたテンは、ただ短く頷《うなず》いた。その横顔をふっと見やって五瀬は言う。

「あなた様も」

「？　なぁに」

「あなた様にも、なにか、心苦しい過去がおありですか」

やんわりと投げかけられた指摘。

テンは、大きく目を見張った。

今宵《こよい》は、それぞれがそれぞれに秘密を明かしあった夜。

その気安さに、摩多羅もつい応える。

「さすが、女の勘《かん》は鋭いわね」
十四、五ほどの少女の姿をしているというのに、ついつい素《す》のままの表情《かお》を晒《さら》す。
瞼《まぶた》を半分伏せて、赤い唇を薄く開いて、とても静かに笑った。

けれど、それ以上は何も喋《しゃべ》ろうとしなかった。

其之六　時には未来《さき》の話を

長い長い夜が明けて、それから、また一日が過ぎる。

夏が戻ってきたのかと思うほどの青空と強い日差しの下、カイは吉野川《よしのがわ》の渡し場に立つ。

彼の両脇には、晴々《はればれ》とした表情の二童子。

景虎《かげとら》と五瀬《いつせ》はそれぞれ手に笠《かさ》を持ち、渡しの舟を後ろに待たせていた。対岸ではおそらく軒猿《のきざる》――天室光育《てんしつこういく》が遣《つか》わした忍びたちが今か今かと待ちわびていることだろう。

「それでは、ここで」

「ああ」

景虎とカイはただあっさりとした言葉を交わす。

話しておきたいことはもう、昨日のうちに殆《ほとん》どを終えていた。

昨晩のうちに、景虎は、越後《えちご》へ戻る決意をハッキリと表した。

だから、この別れの場に摩多羅《またら》の姿はない。

「また機会があれば、越後にも寄ってほしいものなのだが」

「……お前のところの城には、あんまり行きたくねぇな」

「では、また何処《どこ》かで」

「そうだな。また、何処かで、だ」

たやすい言葉を交わして、朋友《ともがら》の二人は小さく笑いあう。

だが不意に、景虎の眼が厳しくなる。

「カイ」

「？　なんだ？」

訊《き》き返すと、彼は声音《こわね》を低く落としてひそやかに問うてきた。

「まさか、これから『婚約破棄《はき》』などはせぬだろうな」

「…………………」

予想もしていなかった質問に、カイは思いきり眉《まゆ》をひそめる。が、景虎は真剣そのものだ。

「どうなのだ、カイ」

「……平三《へいぞう》。おまえ、ほとぼりが冷めたころにまたあいつへ求婚するつもりか？」

「さて、如何《いか》にしよう」

「!?」

カイはしかめ面《つら》でサッと身を引く。景虎は背筋を正して「冗談だ」と言った。しかし真面目《まじめ》くさった顔でそう言われると、変に迫力があって「ああそうですか」と納得するしかない。

「それで。実際はどうなのだ」

「しつこいな、お前も」

「越後人は粘《ねば》り強く、忍耐強いものだ」

「それも、なにかの冗談か」

「いや？　本当のことを言ったまでだが」

「…………」

なんとなくカイは軽く頭痛を覚えた。

そうして深々とため息をつきながら、

「わからねぇ」

「『わからない』？」

「そうだ」

渋面《じゅうめん》を真顔へと変えて、景虎の眼をまっすぐに見る。

「あいつからきちんと『答え』を聞かない限りは、何の確約もできない。――そうだろ」

降り注ぐ陽光の眩《まぶ》しさに負けない、声。

やや間《ま》を置いてから、そうか、と短い言葉が返った。

舟は吉野川をゆっくり、ゆっくりと進む。

景虎は懐《ふところ》から細い布を取り出し、それを静かに水の流れへ任せた。川面《かわも》にじわりと墨《すみ》の色が滲《にじ》んだのは僅《わず》かばかりの間。色も布も次第に遠ざかっていく。

「随分《ずいぶん》と潔《いさぎよ》い別れでありますね」

五瀬がじっと目を閉じたまま言う。

「そうでしょうか？　これでも、まだ未練はあるのですが」

「旅への未練……ですか？」

「はい」

背筋を真っ直ぐに伸ばして景虎は頷《うなず》く。だけど胸中を漂うのは未練というよりも、憧憬《しょうけい》。

旅からまた旅。それはまるで川の流れ。水のめぐり。

そんな日々を過ごすあの二人に、憧《あこが》れる。

気儘《きまま》なだけの日々ではないことも知ったが、それでも憧れる。

(想い寄せる者と己《おのれ》の進みゆく先に、少しでも光を見いだせること)

それはとても特別なこと。幸福なことだと、思う。

父と母――――晴景《はるかげ》と五瀬も、その光をずっと探していたはず。

辛《つら》いだけの恋があるはずがない。

(だから、私も)

自らの身に降りかかる総《すべ》てをしっかりと背負いながら、光を探そう。

空を仰《あお》ぎ、景虎は深く息を吸い込んだ。

☆

吉野山中腹、中千本。

歴史に名高い御堂《みどう》や塔頭《たっちゅう》がひしめく界隈《かいわい》から大きく外れた山中に、小さな滝と小さな川がある。冷たく清い流れはやがて、吉野川へとそそぐもの。

その水のめぐりの途中に、テンは身を浸《ひた》す。

身体は、十三、四ほどの少年のもの。

見送りを済ませて戻ってきたカイは、さまざまな種の木が雑多に生い茂る川べりに出るまで、水浴びのことに気がつかなかった。

「…………だあッ」

「あ？　また覗《のぞ》き？」

「ちがぁうっ！」

一番幹の太い木の陰へすぐさま隠れ、座り込み、はぁ……とカイは息をついた。

「……テン、そこにいるな？」

「いるよぉ？」

「じゃあ、そのままで聞け。……大峰《おおみね》の奥駈《おくが》けは、やめにする」

「え？　やめるの？　へー。ワタシは別にいいけど、いったい、どういう心境の変化？」

「変化、というほどのものはねぇが……」

大峰駈けに挑《いど》もうと考えたのは、摩多羅の過去を無視して触れたがるばかりの情欲を振り切らんと願ったため。

だが、欲を捨てても情まで封じることはどうしても出来ない。

出来ないけれど、「昔」を知ることに対しての戸惑いは隠しきれない。

こんな白とも黒とも――――赤にもならない気持ちを抱えたまま大峰の竜神《りゅうじん》の背を渡っては、絶対に谷底へ落ちる。だから、諦《あきら》める。

（……そういや、吉野山にもそんな伝承《ハナシ》があったか）

昔、吉野山には、修行を重ねて得た通力《つうりき》で空を自在に飛ぶことの出来る仙人《せんにん》がいた。けれどある日、着物の裾《すそ》をめくり上げて吉野川に浸っている若い娘を見た仙人は、たちまち通力を失って空より落ちたという。

比叡山《ひえいざん》で修行していた頃にこの話を知ったとき、随分《ずいぶん》と不謹慎《ふきんしん》な仙人だと呆《あき》れた。

だが、今ならばその気持ちも、わかる。

と。

……どっ　ばばばばばばしゃんッ

突然、カイは大水に襲われた。しかもそれは真上からやってきた。滝の水のほうがまだ可愛《かわい》げがある、凄《すさ》まじい勢いの大水だ。数秒間、本当に息が止まった。声を出す暇《ひま》もなかった。

こんなことを仕掛けるのは、あの神しかいない。

「テン！　てめぇ、よくも!!　……ぬあっ」

木の陰から飛び出したカイは突如、川へ引きずり込まれた。派手な水音が響きわたる。

「……ぁあああああああっ、なぁにしやがんだ、てめぇは!!　溺《おぼ》れさす気か！」

大海原《おおうなばら》の飛び魚もかくや、といった勢いで水面から飛び出す。脚をつけて立ってみれば、水位はカイの腰あたりまでしかない。随分《ずいぶん》と浅い流れだ。もしこれで溺れたのなら、もはや呪詛《じゅそ》の域だ。

「溺れたければ勝手にすれば？　ていうか、こっちの訊《き》いたことにきちーんと答えてくれないそっちにまず非があるんじゃない？」

「あぁ!?　きちんと答えろって、それは――」

咄嗟《とっさ》に反論しかけたが、声が途中で詰まる。

目は、正面から逸《そ》らせない。正面にはテンがいる。

一糸《いっし》まとわぬ少年の姿で、そこにいる。

男のときといわず女の身といわず、その肌は白くしなやか。敢《あ》えて違いをあげるのなら、少年の姿のときは少女のときよりもさらに体の線が細いこと。……青年のときの様子は、あまり記憶にない。

飛行自在術《ひぎょうじざいじゅつ》を操る仙人《せんにん》は、若く美しい娘のしなやかな脛《すね》を見て通力《つうりき》のすべてを失った。

女の脛は普段、衣《ころも》の内に秘められし部分。

それを見てのことならば、自分よりもその仙人のほうがまだ禁欲的だと、いま思う。

恥じらいの欠片《かけら》もなく堂々と晒《さら》された裸体《らたい》に目眩《めまい》を覚える自分よりも、ずっと――。

「どうかした？」

テンは不機嫌そうに眉《まゆ》を軽くつりあげ、黙り込んだ婚約者の顔を覗《のぞ》き込む。カイは思わず後ろへ退く。テンは当然の如く、その分だけ前へ身を乗りだした。

「カイ？」

……ばしゃん、と。大きな水音が木立の間にも響く。

そのあとにしばらく、何の音も生まれない。

華奢《きゃしゃ》な裸体は、墨染《すみぞ》めの袖《そで》のなかにすっぽりと収まっていた。

川面《かわも》は晩夏の日差しを受けてきらきらきら宝石のように眩《まぶ》しく輝く。だけど二人が立っている場所は木陰。エメラルドグリーンの色がいっそう深く映《は》える場所。

陽光《ひかり》を遠くに感じながら、カイは、腕の中の体をただ強く抱きしめる。頬《ほお》に濡れ髪が張りつき、首筋に吐息を感じる。

細い体はいったい、どれほどの間この川に浸《つ》かっていたのだろう。

抱きしめても、抱きしめても、肌は冷たいままだ。

「……カイ?」

また名前を呼ばれた。その声とともにこぼれた吐息は耳朶《じだ》のあたりをさっとかすめた。

流れゆく水が急にさざめく。

浅い川に浸《つ》かった二人の唇が近づきあい、すぐに距離をなくす。

肌にいつまでも熱が宿らないなら、互いの血を温度を持ったところで触れ合うしかない。

そうやって求めなければ、凍《こご》えてしまう。

そうやって求めあえば、すぐに焦《こ》がれてしまうのだけれど。

「ふ………」

口接《くちづ》けのあとの唇が耳の下をゆっくりと這《は》うので、テンは淡い声をこぼす。

だがそれをはっきりと聞いてしまった瞬間、カイは我に返る。

そしてまた、頭ひとつ分ほど背の低い体をきつく抱きしめた。

「……あのさ、カイ」

「なんだ」

「いま――元に戻ったほうが、いい?」

「もっ……、戻るな戻るな、絶ッッ対に戻るな!!」

情緒的反射神経が鈍《にぶ》いカイにしては、凄《すさ》まじい勢いで相手の意図を理解した。

けれど、あまりにも真剣に拒《こば》むので、テンはくすくすと小さく笑いだす。

「じゃあ訊《き》くけど。なんで戻ったらダメなわけ？」

「…………た、大変なことになる」

「『大変なこと』って？」

「た、たいへんなことだ」

「ふぅーん」

元より勘《かん》の鋭い摩多羅は、クスクス笑いを含み笑いへと変えた。カイは思いの限り眉根《まゆね》をきつく寄せて、熟《う》れたザクロの実よりも赤い顔で黙り込む。

今日は強い日差しのお蔭《かげ》で、水の温度が高い。

二人は、しばらくそのまま佇《たたず》んでいた。

☆

やがて暦《こよみ》は葉月《はづき》の末。

強い日差しはいつしか遠のき、空は高く澄んで、日が暮れればそこかしこより虫の声。朝夕の風は涼しくさやぐ。

北伊勢《きたいせ》の社《やしろ》にも秋の気配がしみじみと広がっていた。

いつものように父親の代役で荷物を運んできたサチは、母屋《おもや》の広縁《ひろえん》で籠《かご》を下ろしてグンと背筋を伸ばす。ついでに腰も回して、肩も左右片方ずつグルグルと回す。

その体つきは結婚適齢期の十七歳にしては、やはり、少女というよりも少年のよう。……要するに、凹凸《おうとつ》が少なすぎる。そのことをサチは殆《ほとん》ど気にせずにいたのだが、二月《ふたつき》前から深刻に悩みつつあった。

「……ん？　あれ？」

広縁に片脚をかけて腱《けん》や筋《すじ》をぐいぐい伸ばしていると、この社へ続く坂道を登ってくる人影が見えた。誰なのだろうとサチは首を傾《かし》げたが、すぐにパッと顔を輝かせる。

千切《ちぎ》れ雲の浮かぶ空の下、坂道を登るシルエットは、ひとつ。

笠《かさ》を被《かぶ》り錫杖《しゃくじょう》を手にした僧侶《そうりょ》の左腕に、十歳ほどの巫女《みこ》がちょこりと乗っていた。

「やァん、ふたりとも久しぶり――――っ！」

サチは両手を広げて駆け出し、そのままカイに抱きつく。かと思えば、彼の腕からテンを奪い取って、そのまま広縁まで戻っていく。相変わらず動物的な敏捷《びんしょう》さを披露《ひろう》する少女に、カイはただただ呆気《あっけ》に取られた。

そうして背後からは、朝の山駈《やまが》けから戻ってきた者の足音。

「おう。また来たか」

「雲恵《うんけい》」

「たしか、吉野から熊野《くまの》へ詣《もう》でてくると言ってたな。どうだ、熊野の神には無事にお会いできたか？」

「……いや」

カイは、素直に言い淀《よど》む。すると雲恵は「だろうな」と物知り顔で頷《うなず》いた。

「……なんで『だろうな』なんだ？」

「知れたこと。二月《ふたつき》前にお前らがココを発《た》つときから、こうなるだろうと読んでいたからだ」

「は？」

何故《なぜ》、とカイは目を見張る。その眉間《みけん》へ手際よく麻布《あさぬの》を叩きつけて、雲恵は言う。

「お前は、比叡育ちの御曹司《おんぞうし》。いつまでも青くさく、物事を慎重に進めようとするが、生来の鈍《にぶ》さが手伝って『石橋を叩いて壊す』ような質《たち》だ。悩みの御大《おんたい》を同伴させて奥駈《おくが》けに挑《いど》むのもマヌケだが、それを無理にやり通すほどの馬鹿でもないだろ」

「………………」

本当に、思いきり読まれていたらしい。カイは顔を赤くしてひたすら黙るしかなかった。

だが、「御曹司」の一言は、胸に重い。

御曹司という言葉は元々、公卿《くぎょう》である親許《おやもと》から独立していない青年を指す言葉。けれど源平《げんぺい》時代には特に源氏《げんじ》の子息《しそく》を指していた。

今では、公卿だの源氏だのという区切りはなく使われている。

それでも、今のカイには痛みを招く言葉だ。

「ま、引き返してきた分、体力は余ってるだろ。たっぷりこきつかうぞ」

「……。覚悟は、しておく」

「おう、しておけ」

雲恵は懐手《ふところで》で鷹揚《おうよう》に頷いた。

その二人の耳へ、やたら甲高《かんだか》い歓声が勢いよく突き刺さる。

「ソーよ、そーなんよ！　ホントにもぉッ!!」

怒っているのか喜んでいるのか謎《なぞ》な声の犯人は、母屋《おもや》の軒先《のきさき》にいるサチ。

見れば、彼女は真っ赤な顔をして自分よりも小さな巫女《みこ》の両手をギュッと握っていた。そしてまた甲高く叫んで、その声量のまま一気にまくしたてていく。

「どいつもこいつもウチのことボロクソに言うんよ！　オマエみたいに胸も尻もないヤツが『雲恵の嫁』になれるかァ、て！　ほいで、めさめさ笑うんよ、ハラ抱えて！　本人目の前にして失礼やて！　あったまくる!!」

「ヤダー。それは本当に失礼ねぇ。サチはこォんなに可愛《かわい》くて面白いのに〜〜〜〜〜〜〜」

「せやろー!?」

相槌《あいづち》を打つテンに、サチは頭を縦にぶんぶんと振った。傍聴人《ぼうちようにん》である僧侶《そうりよ》二人はひたすら呆気《あっけ》にとられていた。本人を目の前にして、というのはそっちも同じだろ、とカイはツッコミを入れてやりたかったが、そんな隙《すき》はない。

「せやけど、ウチもウチなりに悩んだんよ。ウチのにーやんたちから、雲恵の昔の遊び相手の特徴とか調査《リサーチ》してな。そしたら、みーんな熟女ばっか。ザクロでいったらぴっちぴちの食べ頃じゃなくて、もっと熟《う》れ熟《う》れでどろーんなヤツだらけやってん！」

「へええぇぇぇ」

広縁《ひろえん》に座ったテンが、ちらりと雲恵を盗み見る。カイも無言で隣を見やる。渦中《かちゅう》の人物は無表情を装《よそお》いつつも、咳《せき》ともため息ともつかないものをひとつ吐き出した。

「ああああン、もぉお、こーなったらウチは何年待てばええのん!!　悔し――――ッ!!」

ボリューム最大で喚《わめ》き散らすサチは、駄々《だだ》っ子《こ》のように両足をバタつかせる。が、勢いが良すぎて広縁の端がバキリと悲鳴をあげた。あまりの騒ぎように、居候《いそうろう》をしている人々が何だナンだと遠巻きに集まってきた。

雲恵は深々とため息をついたあと、片手をサッサッと大きく振る。

その合図で人々は素直に散っていく。

が、ある程度歳《とし》を重ねた者たちは、サチと雲恵を見比べてニヤニヤと楽しそうに笑った。

だからこそ、摩多羅も堂々たる声量で言う。

「ソーね。もー、男ってばしょーもないわよねー。女は待たされるばっかでさ～～～～～～」

「………………待たせてるのか？」

ついカイは真顔で雲恵へ問うた。

「そればかりはお前なんぞに訊《き》かれたくない」

もっともな意見だ。カイはやはり黙るしかなかった。

そうしてその瞼裏《まなうら》には、真白の破片。


『少々、失礼を承知で言わせてもらうが……。

カイは、あまりに想いが強すぎる所為《せい》で、今の今まで夫婦《めおと》となれずに来たのではないか？』


吉野山の別れの前夜。

月が彼方《かなた》に沈んでもまだずっと、カイと景虎は二人だけで話をしていた。そのときに、自分ではなかなか気がつけないようなことを、景虎はあっさりと言葉にしてくれた。

ショウショウもシツレイも何も、有り難すぎて、開いた口が随分《ずいぶん》と長く塞《ふさ》がらなかった。

要は、図星だった。

だけどその一方で、やはり、考える。

恋は怖い。

その名を冠した情のために失うものは、自分が思う以上に沢山ある気がしてならない。

それとも、恋は、それら総《すべ》てを代償《だいしょう》にして貫《つらぬ》くものなのだろうか？

カイには、まだそれが怖い。

きっと、明日は今日よりも少しだけ強く姫神《ひめがみ》のことを想う。これからもずっとそうなっていくだろう。だが想いを積み重ね、積み重ねて、その果てに、どのような禁忌《きんき》が待ち構えているのか――――。

それでも、無邪気に無鉄砲に全身で恋にひた走る者を見て、また思う。

恋は何も、腕や背に抱えているものを失っていくばかりではない。

求めて焦《こ》がれることで得るものも大きいはずだ、と。


未だ知ることのない、遠い過去。

いずれは明かされていくだろう縁《えにし》。

それから先の、未来。

不安は尽きない。

けれど愛《いと》おしい。

今は、ただ願う。

あの愛しい体を抱きしめている間は、あの雪が現れないことを。

あれはきっと、互いを隔《へだ》てる白。
いずれはめぐりきて明かされる縁の破片。
今は、まだ時も心も熟していない。
だが、いつか必ず突きとめてみせる。
だから、今はまだ。
今は、ただ想う。
ひそやかに、恋《こ》う。

あとがき

こんにちは。

姫神さまシリーズの本編、第三部突入です。

………いえ、今まで「第×部」なんてサッパリ明言していませんでしたが。

これまでの本編を敢《あ》えて区分けするのなら『浪《なみ》の下の都』までが第一部、『月の碧《あお》き燿夜《かぐや》』までが第二部、といった感じです。

第三部からは新旧の登場人物が入り乱れての日本史ゴッタ煮戦国絵巻（長い）となる予定。

先に書いた将門《まさかど》編（『永遠国《はるかとおくに》ゆく日』）や鎌倉《かまくら》編（『夢路《ゆめじ》の剣《つるぎ》』）で種まきしていた「謎《なぞ》」もこれからいろいろ発芽させていく所存《つもり》ですので、どうぞお付き合いくださいませ。

挨拶《あいさつ》はほどほどで切り上げるとして。

今回は第三部スタートであると同時に「平三再来編《へいぞう》」です。

越後《えちご》編『巡恋夏城《じゅんれんかじょう》』のあとがきで「平三はこの先、何度も名前を変えていく」と書きましたが……変える、変わる、というよりも増えた気が。……この先もまだ増えます。

その彼の『家』に関して、少々詳しい注釈《ちゅうしゃく》を。本編未読の方は飛ばして下さい。

まずは系図をば。


（守護代長尾氏）

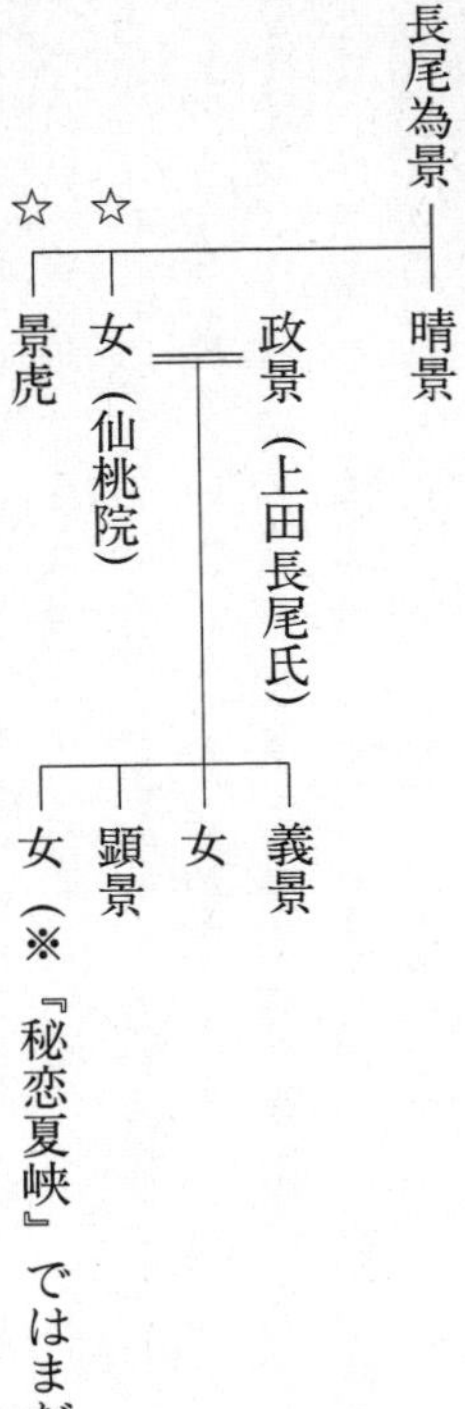
女（※『秘恋夏峡』ではまだ生まれていない）

為景《ためかげ》の子供で成人したのは、右図の通り。

作中で「××長尾氏《ながお》」という言葉が飛び交っていますが、越後の長尾氏は、為景からさかのぼって五代前に上田《うえだ》長尾家、栖吉《すよし》（古志《こし》）長尾家、守護代《しゅごだい》（三条《さんじょう》）長尾家に分かれました。

晴景《はるかげ》、仙桃院《せんとういん》、そして為景正室はハッキリとした生年がわかっていなくて、伝えられている享年《きょうねん》を逆算して生年をはじき出すのですが、それだと晴景は正室よりも年上、という計算に。

なので歴史研究上、晴景は正室の子ではないということが専《もっぱ》らの定説。確実に正室から生まれたとわかっているのが、☆印のついてる二人です。

景虎《かげとら》より三歳上の「兄」となる男児が生まれたことが当時の公卿《くぎょう》の日記に記されているのですが、景虎の「平三」という輩行名《はいこうめい》からしてもう一人いたのでは、という説もあります。

で。『姫神さま』では、この兄弟関係図や生年をごねごねぐねいじってます。

また、『巡恋夏城』の中で書いた「越後長尾氏は、平《たいらの》将門の妾《めかけ》の兄にあたる平公連《きみつら》の子孫」というのは、実は根拠が怪しい説です。平公連は将門の伯父《おじ》の子にあたるのですが、歴史研究上は大抵、将門の叔父《おじ》（伯父と叔父の違いがわからない方は辞書を引きましょう）の血筋だとされています。将門の乱のあと、叔父の血筋が栄えていますしね。

……と、このような訳ですので、授業のレポート等を書く際にはちゃんと正史のほうも調べて下さい。長尾氏のことだけでなく、他の「歴史」に関してもそう。小説は飽《あ》くまでも小説です。情報を鵜《う》呑《の》みにしないできちんと咀嚼《そしゃく》して下さいませ。

ここから先は本編未読の方でも読んでOKですが……ひとつ、お知らせがあります。

それは、

「この文庫の発売以降、編集部気付でいただいたお手紙の『お返事』は一切書きません」

ということ。

正確には「書かない」というより「もう書けません」というところなのですが。

今までは細々—と密《ひそ》か—にお返しをしていたのですが、ここ一年ほどは殆《ほとん》どまったく何も出来ていない状態。元々私は筆無精《ふでぶしょう》で、そこにスケジュールの忙しさが重なってきたことが「書けなくなった」一番の理由です。そんな状態で「お返事、絶対下さい!!」というお手紙をいただいたりすることが非常に辛《つら》くなったので、今回、明言させていただきました。

突然ナニを、と驚いた方もいると思いますが……どうかご了承下さい。

ただ。これまでにいただいた分で「お返事しなくてはいけない」分に関しては何とか頑張ってみようと思っています。重ね重ね、申し訳ありません。

今後のスケジュールですが。

次の文庫は『Ever Blooming Shine』の予定。『姫神さま』晴明編・第二弾です。

また、雑誌Ｃｏｂａｌｔ二〇〇二年二月号と四月号にはその続編『Pine After Shine』が載《の》ります。特に、二月号では「陰陽師《おんみょうじ》特集」なるモノが組まれていますので、是非ともチェックを!

それでは、今回はこの辺にてお暇《いとま》いたします。

……最後に一言。「今回の表紙のカイに悩殺された人、手を挙げて!!」

01年10月　　　　藤原眞莉

この作品のご感想をお寄せください。

藤原眞莉先生へのお手紙のあて先

〒101―8050　東京都千代田区一ツ橋2―5―10
集英社コバルト編集部　気付
藤原眞莉先生

ふじわら・まり

1978年1月8日生まれ。山羊座、O型。福岡商業高等学校卒業。『帰る日まで』で、'95年上期コバルト読者大賞受賞。コバルト文庫に、壮大な異世界ファンタジーの『天帝譚』シリーズ、姫神さまが活躍する戦国コメディの『姫神さまに願いを』シリーズ、『帰る日まで』『風のめぐる時を』『雨は君がために』『君が眠りゆく朝に』『眠らぬ森の妖精奇譚』『17—girl seventeen—』がある。勝海舟を心の師と仰ぎ、江戸学に興味津々。熊野古道に憧れて中辺路踏破を夢見るも、伏見稲荷登山にて膝微笑。由々しき。しかして実態は福岡ダイエーホークスを熱愛する九州人。

姫神さまに願いを
～秘《ひ》恋《れん》夏《か》峡《きょう》～

COBALT-SERIES

2002年1月10日　第1刷発行
2002年3月15日　第2刷発行

★定価はカバーに表示してあります

著　者　藤　原　眞　莉
発行者　谷　山　尚　義
発行所　株式会社　集　英　社
〒101－8050
東京都千代田区一ツ橋2－5－10
電話　東京　(3230) 6268 (編集)
(3230) 6393 (販売)
(3230) 6080 (制作)

印刷所　凸版印刷株式会社

ISBN4-08-600055-5 C0193